남자의 복장술

수트 입는 법부터 구두 손질까지

오치아이 마사카츠 | 김영배 옮김

허클베리북스

[사진 1] 이탈리아 밀라노의 프랑코 프린지발리의 맞춤복

짙은 감색 바탕에 초크 스트라이프 수트는 가장 클래식한 양복이다. 여기서 '가장 클래식하다'는 의미는 '가장 고급 예술품'이라는 뜻이다. 클래식 수트란 유행에 좌우되지 않는 고급 수트를 의미한다. 수트를 구성하는 세 가지 요소인 소재, 봉제, 스타일링 모두를 타협하지 않은 수트를 클래식 수트라고 부른다. ― 제1장 「수트」 편 참조

[사진 2] 프랑코 프린지발리의 맞춤복

수트(suit)는 원래 '한 벌로 된 옷(처음 이 말이 나온 것은 1393년)'이라는 의미다. 같은 천으로 만든 재킷, 베스트(조끼), 바지로 구성된 '한 벌 옷' 즉, 스리피스가 현대 수트의 기원이다. 수트가 탄생했을 당시에는 '라운지 코트(lounge coat)'라고 불렀는데, 라운지는 '느긋하게 있는'이라는 뜻이고 코트는 '겉옷'을 뜻하므로 '느긋하게 있기 위한 겉옷'이라 할 수 있다. 즉, 수트는 긴장하지 않고 편하게 입는 '한 벌 옷'이다. — **제1장 「수트」편 참조**

[사진 3] 도쿄 긴자의 마리오 페코라 맞춤복

[사진 4] 이탈리아 피에라의 루치아노 바르베라 맞춤복

'수트'의 구성 요소 중 하나인 윗도리는 더블과 싱글로 나뉜다. 둘은 깃 모양에 차이가 있다. 흔히 더블이라 부르는 수트는 [사진 3]의 더블 브레스티드(double breasted)를 줄인 말이고 싱글은 [사진 4]의 싱글 브레스티드(single breasted)를 줄인 말이다. [사진 3]과 같은 더블의 깃을 피크드 라펠(peaked lapel), [사진 4]와 같은 싱글의 깃을 노치드 라펠(notched lapel)이라 한다. 위 사진에서 더블의 깃은 아래 깃이 위를 보고 있고, 싱글의 깃은 아래 깃이 밑을 향하고 있다. 깃이 피크드냐 노치드냐가 수트의 포멀함 정도를 나타내지는 않는다. 수트의 포멀함 정도는 깃이 아니라 옷의 형태로 판단한다. 역사적으로 보면 스리피스(윗도리·바지·조끼) - 더블 브레스티드 - 싱글(윗도리·바지)의 순서로 포멀하다. 굳이 깃의 형태로 포멀함을 따지자면 목에서 고지 라인(gorge line) 시작점까지의 길이(사진의 점선 부분)로 판단할 수 있다. 이 길이가 9센티미터를 넘지 않아야 포멀하다. — **제1장 「수트」 편 참조**

[사진 5] 이탈리아 피렌체의 스테파노 베메르의 맞춤 구두

[사진 5]의 구두는 굿이어 웰트 방식, [사진 6]의 구두는 맥케이 방식으로 만든 구두다. 굿이어 웰트는 발등과 중창을 먼저 꿰매고 나서 그것을 본창과 꿰맨다. 맥케이는 발등과 중창, 본창을 한꺼번에 꿰맨다. 이 때문에 대다리 부분(구두 밑창 주위에 튀어나온 테두리 부분)에서 차이가 나타난다. [사진 5] 구두의 발끝 대다리 부분은 [사진 6] 구두에 비해 5~6밀리미터 나와 있다. 사이즈는 양쪽 모두 같은데도 굿이어 웰트 방식이 더 커 보인다. 클래식한 스타일에 적합한 구두는 중후한 굿 이어 웰트 방식의 구두이다. — 제2장 「구두」편 참조

[사진 6] 이탈리아 페라가모의 기성화

[사진 7] 스테파노 베메르의 맞춤 구두

[사진 7]과 [사진 8]의 구두 모두 가장 클래식하고 포멀한 구두다. [사진 7]의 구두는 스트레이트 팁 스타일인데, 발등 부분에 가로 일자로 스티치가 새겨져 있다. [사진 8]의 구두는 스트레이트 팁과 같은 스타일이지만 가로 일자 스티치 사이에 세세한 무늬가 들어가 있다. 플레인 캡 토 스타일이라고 하며 스트레이트 팁 다음으로 포멀하다. 짙은 감색 수트에 흰 셔츠, 감색 바탕에 작은 흰 물방울 넥타이를 하고 검은 스트레이트 팁을 신으면 특별히 복장이 지정되어 있지 않는 한 전세계 어느 파티에서도 통용된다. — **제2장 「구두」편 참조**

[사진 8] 일본 고베의 코지 스즈키의 맞춤 구두

[사진 9] 셔츠는 모두 이탈리아 밀라노의 노브랜드 맞춤복

셔츠 소재로는 코튼이 가장 좋다. 이탈리아의 고품질 코튼은 실크보다 비싸며 착용감이 좋다. 셔츠는 재킷의 움직임에 자연스럽게 따라가야 한다. 몸이 움직이면 재킷이 움직인다. 셔츠는 그 둘 사이에 끼어서 양자의 움직임을 부드럽게 도와주는 역할을 한다. 재킷의 움직임에 따라가지 못하는 셔츠는 삐꺗거리면서 그 부자연스러움이 옷차림새에 나타난다. 자연스러운 멋을 최대한 살리려면 셔츠에 풀을 먹이지 말고 손다림질만 해서 입는 게 좋다.
　— 제3장 「셔츠」편 참조

[사진 10] 잉글리쉬 스프레드 칼라

가장 클래식한 셔츠 깃은 잉글리쉬 스프레드 컬러다. 양 깃 사이(타이 스페이스)의 각도는 160도다. 깃 높이는 4~4.5 센티미터가 좋다. 셔츠의 깃을 소홀히 하면 안 된다. 깃은 항상 넥타이 노트(매듭)와 함께 사람들의 시선에 노출되기 때문이다. 넥타이 노트를 엘레강스하게 보이기 위해서는 셔츠 깃과의 조화가 필요하다. — 제3장「셔츠」편 참조

[사진 11] 이니셜의 위치

이니셜을 넣는 위치는 왼쪽 가슴에서 약 15센티미터 아래, 웨이스트에서 10센티미터 위 부분이다. 이 위치만이 재킷을 벗고 베스트(조끼) 차림이 됐을 때 남에게 보이지 않는 위치다. 이니셜은 남에게 보이기 위한 것도 아니고 셔츠의 장식도 아니다. 자신의 소유물이라는 사실을 다른 사람 앞에 당당하게 보일 수 있는 것은 집 앞에 걸어 두는 문패 정도다. 소맷부리에 넣은 이니셜은 가장 품위가 없다. — 제3장「셔츠」편 참조

[사진 12] 나폴리의 마리넬라, 밀라노의 안젤로 후스코, 로마의
메롤라 주문 넥타이

넥타이는 남자의 옷차림에서 가장 정체를 알 수 없는 아이템이지만 그 사람의 정체를 가장
잘 드러내는 물건이기도 하다. 얼룩이 묻은 저렴한 넥타이라도 일단 매고만 있으면 공공
장소에 당당하게 들어갈 수 있다는 사실을 누구나 알고 있다. 그래서인지 넥타이를 고르는
일에 그다지 신경을 쓰지 않는다. 그런데 사실 과하다 싶을 정도로 넥타이에 신경 쓰는 사
람이야말로 진정한 멋쟁이다. 클래식 넥타이는 감색 무지 또는 감색 바탕에 작은 무늬를
대칭적으로 흩뜨린 것이어야만 한다. 다양한 색깔과 무늬의 넥타이들이 있지만 처음 배울
때는 이 디자인으로 한정해야 쓸데없는 넥타이를 사지 않는다. ― 제4장 「넥타이」편 참조

[사진 13] 안젤로 후스코의 주문 넥타이

클래식한 고품질의 넥타이는 겉감과 안감이 같고 대검 안쪽을 다섯 쪽으로 접어서 만든다. 넥타이는 원래 그런 것이다. 넥타이는 남자의 옷차림에서 가장 두드러지는 장식품이다. 색깔도 중요하지만 무엇보다도 꼼꼼하게 잘 만들어야 한다. 다섯 번 접은 넥타이는 소재의 원단이 보통 넥타이의 배 이상 든다. 단단하게 맨 노트, 가슴에 늘어뜨린 묵직한 중량감이 있어야 비로소 넥타이라 부를 수 있다. ― 제4장 「넥타이」편 참조

[사진 14] 70년 전에 이탈리아 귀족을 위해 만든 메롤라의 넥타이

고품질 넥타이에는 대검 안쪽에 슬립 스티치(slip stitch)라는 실 하나가 늘어져 있다. 이 실을 당기면 넥타이 전체가 비틀어지고 넥타이를 손으로 가볍게 쓰다듬으면 비틀림이 사라진다. 슬립 스티치는 바이어스 제법(대각선으로 소재를 재단하는 방식)과 더불어 넥타이의 복원력을 높이기 위해 고안되었다. 20세기 최고의 가공법이다. 슬립 스티치가 없는 넥타이는 손을 대지 않는 게 현명하다. ― 제4장 「넥타이」편 참조

[사진 15] 이탈리아 로마의 코튼 전문점 일포르토네의 주문 양말

수트를 입은 남자가 맨살을 보여도 되는 곳은 목 윗부분과 손목뿐이다. 다리털이 있든 없든 결코 다리를 노출시켜서는 안 된다. 영국의 패션 디자이너이자 엘리자베스 2세 여왕의 의상 디자이너인 하디 에이미스 경(Hardy Amies)은 '날씨가 어떻든 종아리를 덮는 양말을 신어야 한다. 종아리는 그렇게 매력적이지 않다'고 말했다. 사람들이 맨다리를 지하철 안에서 태연하게 드러내는 나라는 패션 선진국 중에서는 미국과 일본뿐이다. — 제5장 「양말」편 참조

[사진 16] 일포르토네 주문 양말의 길이

수트용 양말은 신었을 때 무릎 아래까지 오는 게 기본이다. 이를 호즈라고 부르는데 물 뿌리는 호스(hose)가 어원이다. 수트용 양말의 전통적인 길이는 발꿈치에서 50센티미터다. 이랑이 들어간 양말이 클래식하다. 이랑은 양말을 입체적으로 보이게 하며 신을 때 양말의 중심을 금방 알 수 있게 한다. 양말은 길이에 따라 삭스, 크루 삭스, 미드 삭스, 니커 호즈, 오버 니 삭스, 스타킹, 타이츠로 나뉘는데 클래식 스타일에 신어야 하는 양말은 니커 호즈뿐이다. ─ 제5장 「양말」 편 참조

[사진 17] 다량 주문 제작한 일포르토네 양말

미국의 패션 디자이너 앨런 플루서(Alan Flusser)는 '스마트하고 드레시한 양말을 구하려면 각오를 단단히 해야 한다'라고 말했다. 일본에서도 마찬가지다. 매장에 양말이 산더미같이 쌓여 있지만 드레시한 호즈(수트용 양말)는 드물다. 이탈리아나 영국에 갈 기회가 있다면 양말 전문점이나 코튼 전문점에 가 보면 좋다. 기성품이 맞지 않으면 다스 단위로 제작 주문도 받는다. 주문 제작 상품이 브랜드 상품보다 훨씬 가치 있다. ─ 제5장 「양말」 편 참조

[사진 18] 프랑코 프린지발리의 수제 캐시미어 재킷

감색 캐시미어 재킷은 햇수를 거듭할수록 엘레강스한 멋을 더한다. 기모감이 있는 소재는 대부분 그렇다. 광택이 둔해지고 빛이 깊어진다. 단 감색 무지 재킷은 색을 잘 보고 골라야 한다. [사진 18]처럼 짙은 감색 캐시미어 재킷이 가장 기품 있다. 이 이외의 감색은 코디네 이션에 따라 너무 화려한 인상을 준다. 재킷에 금속 버튼을 달 경우에는 코디네이션을 신 중하게 하라. 번쩍이는 금 버튼이나 은 버튼이 캐시미어라는 강한 소재와 맞부딪치기 때문 이다. 그러면 맬 수 있는 넥타이가 제한된다. — **제6장「드레스 업」편 참조**

[사진 19] 프랑코 프린지발리의 수제 트위드 스리피스

트위드는 남성복의 영원한 소재다. 윈저 공 시대부터 클래식을 표현했고 현재도 변함없이 클래식을 표현하고 있다. 수많은 남성복 소재 중에서 트위드의 질감을 능가하는 소재는 없다. 강인하면서도 부드러운 두 가지 성질이 있으며, 입으면 입을수록 몸에 착 달라붙는다. 그레이와 브라운 색의 트위드 헤링본 재킷은 필수 아이템이다. 때와 장소를 가리지 않고 입을 수 있기 때문이다. ― 제6장 「드레스 업」 편 참조

[사진 20] 사용한 지 30년이 넘은 프랑스 에르메스의 가죽 가방

현대의 남성은 자연소재로 옷차림을 갖추어야 한다. 양모(울) 수트, 누에(실크) 넥타이, 소 가죽 구두·소·산양·사슴·악어 가방이 그것이다. 자연소재여야 하는 이유는 인간의 몸도 자연소재이기 때문이다. 자연소재에는 자연소재가 가장 잘 맞는다. 인공적인 소재로는 엘레강스라는 목표에 도달할 수 없다. 인공소재는 기능적인 면을 우선시한다. 남자의 몸치장에 단 하나라도 인공소재가 들어가면 전부를 망친다. ─ 제6장 「드레스 업」편 참조

이 책은 1999년에 간행된 졸저 『남자의 복장술』의 개정판입니다. 개정판을 간행하는 이유는 이제까지 제가 쓴 남성 패션에 관한 15권의 책 중에서 이 책이 가장 기본적인 부분을 다루고 있고, 수트를 처음 입는 사람부터 수트에 익숙한 사람까지 누구든지 간단하게 적용할 수 있는 내용을 담고 있기 때문입니다. 새로 펴내면서 내용을 고치고 덧붙였을 뿐 아니라, 사진과 일러스트도 독자들이 알기 쉽게 모두 새로 그리거나 새로 찍었습니다.

수트 스타일에 익숙한 멋진 남자가 되기 위해서는 스포츠와 마찬가지로 되도록 젊은 시절에 기본을 익히고 그 기본을 학습하면서 자신만의 개성을 만들어나가는 것이 중요합니다. 익혀야 할 기본은 많습니다. 그것들은 모두 한 세기 정도에 걸쳐서 영국의 테일러들이 고안하고 이탈리아와 프랑스, 미국, 독일, 동유럽 스타일로 파생되었습니다. 그것이 지금의 각 나라별 클래식 수트입니다. 클래식 수트에 대해서는 1장 「수트」편에서 자세히 살펴봅니다. 제가 생각하기에 독자들이 가장 알았으면 하는 포인트이기 때문입니다.

예를 들면 영국 수트의 어깨 라인은 직선입니다. 어깨 끝이 약간 뾰족하며 밑으로 뚝 떨어집니다. 이탈리아와 프랑스 등 라틴계 수트 어깨 라인은 둥글게 되어 있습니다. 어깨선은 살짝 올라가고 천천히 떨어집니다. 영국 수트의 웨이스트는 꽉 조이고 라틴계는 느슨하게 조입니다.

영국 수트의 프로포션(의복이나 신체의 전체와 부분 또는 부분 간의 비율 – 옮긴이)이 라틴계에 비해 약간 각이 지고 딱딱해 보이는 것은 영국 수트가 군복을 모델로 하고 있기 때문입니다. 이에 비해 라틴 수트는 영국 스타일을 모델로 했지만 영국 수트의 프로포션이 너무 딱딱하다는 이유로 전체적으로 약간 둥근 모양의 수트를 만들어 냈습니다. 이것은 나라의 차이이기도 하지만 전통을 지키는 영국인의 기질과 전통보다 멋을 중시하는 라틴 사람들의 기질 때문이기도 합니다.

한편 미국 수트는 가능하면 인체에 맞추어서 사람 몸이 편한 것을 중요시합니다. 옛날에는 그야말로 통짜였지만 현재는 약간 조이는 편입니다. 이는 자유를 중시하는 미국인의 기질에서 온 것으로 보입니다.

어깨에서 웨이스트에 걸친 라인에 따라 수트의 표정도 다양하게 변합니다. 이렇게 다양해진 수트에 따라서 각각 다른 넥타이, 셔츠, 구두가 필요합니다. 멋은 수트만이 아니라 총체적인 차림에서 비롯되기 때문입니다.

우선 넥타이. 넥타이 폭은 유행에 따라 매년 변하지만 클래식 넥타이 폭은 9~9.5센티미터가 기본입니다. 길이는 146~148센티미터는 되어야 합니다. 셔츠 깃과 깃 사이(타이 스페이스)의 각도는 160도가 기본입니다. 왜 그래야 하는지는 본문에서 설명하고 있으니 참조해 주십시오.

남자의 멋은 디테일이 모여서 이루어집니다. 디테일을 알기 위해서는 공부를 해야 합니다. 왜 넥타이 폭의 기본값이 9~9.5센티미터가 되었는지 분명한 역사적인 이유가 있습니다. 이런 점들을 이해한 다음에 8센티미터 폭의 넥타이를 매고도 자신의 개성을 표현할 수 있게 된다면 저절로 멋 내기에 익숙해진 것입니다. 넥타이 폭이 9~9.5센티미터가 된 이유를 알고 나서 8센티미터 넥타이를 매는 사람과 모른 채로 8센티미터를 매는 사람은 인상이 완전히 다릅니다. 넥타이에 대해 공부한 사람은 넥타이에 맞춰 수트와 셔츠의 밸런스에 신경을 쓰기 때문입니다.

클래식 스타일은 기본을 지켜야 합니다. 처음에는 이 책의 내용을 그대로 지켜 주십시오. 이 책은 제 경험을 바탕으로 저와 친한 이탈리아의 노포 테일러들을 비롯해 영국, 프랑스의 많은 의류업계 지인으로부터 조언을 듣고 정리한 책입니다. 패션 선진국 남자들의 상식이 담긴 책이라 자부합니다. 만약 독자 여러분께서 이 책의 내용이 너무 당연해서 진부하다고 느끼는 순간이 온다면 그때 비로소 당신은 멋의 달인이 된 것입니다.

그래서 저는 일부러 '복장술(服裝術)'이라는 말을 썼습니다. '술(術)'은 어떤 '틀'과 통합니다. '틀'은 말하자면 '남자의 올바른 드레스 코드'입니다. 구체적으로는 예복을 제외하고 공적인 장소에서 유일하게 통용되는 남성 복장의 룰입니다. 이것은 세계 공통의 스타일이며 정상회의에 참석한 각국 정상들의 복장을 보면 한눈에 알 수 있습니다. 익숙해지면 그렇게 어려운 일은 아니지만 익숙해질 때까지는 몇 번이고 되풀이해 주십시오. 되풀이는 학습으로 이어지고, 나아가 멋으로 이어지리라 확신합니다.

이 개정판을 간행하면서 PHP연구소 가정/교육출판부의 와타베 신야 부장, 일러스트를 그려준 와타야 히로시 씨를 비롯해서 사진을 담당해 주신 츠노다 스스무 씨, 디자인을 담당해 주신 카미나가 후미오 씨에게 이 자리를 빌려서 감사드립니다.

2004년 1월
오치아이 마사카츠

차례

들어가며 17

제1장 **수트**

제3장 셔츠

제4장 넥타이

제 1 장

수트

Suit

1. 클래식 수트 스타일의 계보

수트 스타일의 3대 흐름은 게르만계, 라틴계, 아메리카계

요즘 수트에는 브랜드명, 메이커명, 디자이너명 등의 이름이 붙어 있어서 얼핏 스타일이 다양한 듯 보이지만 원조로 거슬러 올라가 보면 게르만 계열, 라틴 계열, 아메리카 계열 세 종류뿐이다. 게르만계, 라틴계, 아메리카계 수트 중에서도 게르만 계열 수트의 역사가 가장 길다.

클래식 수트도 대부분 이 세 종류에 포함된다. 이 책에서 말하는 클래식 수트란 글로벌 스탠더드 수트이며 사교 모임 또는 품위를 갖춰야 하는 비즈니스 자리에 비즈니스 수트로 활용하는 데 가장 적합한 전통적인 수트를 말한다.

남자의 수트를 스타일과 용도, 시간대별로 구분하면 다음 페이지에 나오는 표와 같다.

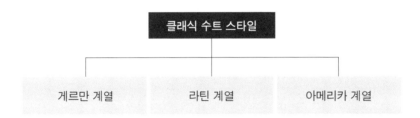

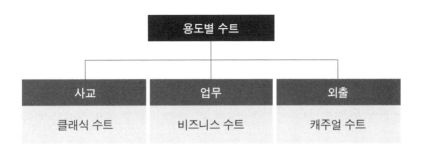

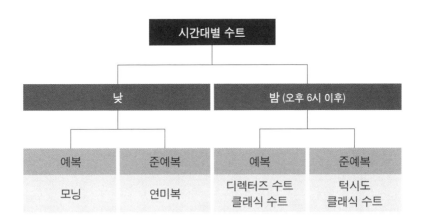

만약 길 가던 영국인이 뒤돌아서서 당신을 본다면 당신의 복장이
단정해서가 아니다. 너무 틀에 박혀 있거나 너무 꽉 끼게 입었거나
너무 유행을 따라했기 때문이다.

— 보 브루멜✛

지금 우리가 입는 디자이너 수트는 대부분 캐주얼 수트다. 클래식
수트는 현재는 준예복으로도 활용할 수 있다.

궁정복 → 승마복 → 외투 → 연미복(스왈로우 테일 코트)의 흐
름으로 현재의 클래식 수트 형태를 완성한 나라는 영국이다. 영국
수트가 세계 표준복이 된 것은 영국이 세계 여러 곳에 식민지를 가
지고 있었기 때문이다. 로마제국의 옷이 기원전·후 시대에 걸쳐서
전세계에 큰 영향을 미친 것과 비슷한 현상이다.

수트는 원래 코트(coat)라고 불렀다. 가장 겉에 입는 옷은 모두 코
트이며 'coat'는 원래 '외피, 모피, 칠(도장)' 등을 의미했다.

수트가 생겨난 지 얼마 되지 않은 19세기 이후에 와서 처음으로
옷 위에 겹쳐 입는 외출용 옷인 오버코트가 등장하여 현재에 이르고
있다. 이탈리아나 영국에서는 여전히 수트를 코트라고 부르는 재단
사도 있다.

✛ 보 브루멜(1778~1840): 영국 남성 패션에 댄디즘을 도입한 사람. 국왕 조지 4세를
비롯해서 많은 귀족들에게 영향을 미쳤다.

원래 영국에서 수트를 부르던 이름은 '라운지 코트(lounge coat)'였다. 그것이 수트(suit)로 바뀐 것은 'suit'라는 말에는 오래전부터(처음이 말이 나온 것은 1393년) '한 벌 옷'이라는 의미가 있었기 때문이다. 수트란 한 가지 원단으로 만들어진 윗도리(재킷), 베스트, 바지로 구성된 '한 벌 옷'이다.

저 친구들 복장을 보게나. 이단자 흉내를 내고 있구만. 기독교 국가에서는 이미 철 지난 모습이지.

　　　　　　　— 윌리엄 셰익스피어✛, 「헨리 8세」 제1막 제3장

🖎 **저자의 어드바이스**
예나 지금이나 멋쟁이 나라 사람들은 서로 자신들의 정통성을 주장한다. 미국인과 일본인만 멋을 모르기 때문에 남자 옷에 관하여 원리 원칙 없이 흉내만 낸다.

맞춤복과 기성복

　다양한 수트가 등장하고 유행하기 시작한 시기는 제1~2차 세계대전 이후 기성복이 많이 나오면서부터이다.
　따라서 수트 스타일은 세계대전 이전과 이후로 분류할 수 있다. 크게 나누어 전쟁 이전은 맞춤복, 전쟁 이후는 유행에 따른 기성복 중심이라고 파악하면 이해하기 쉽다. 맞춤복은 쉽게 얘기해서 개인

✛　윌리엄 셰익스피어(1564~1616): 「헨리 8세」는 1613년에 발표된 셰익스피어 만년의 작품. 위의 대사는 시종장이 선즈 경에게 프랑스인의 옷차림을 비꼬는 장면이다.

을 위한 옷이며 기성복은 유행을 따르기를 가장 중시하는 대중을 위한 옷이다.

기성복은 얼마나 맞춤복과 비슷하게 만들 것인가, 그리고 어떻게 하면 많은 사람에게 입혀서 부가가치를 창출할 수 있을지를 고민하는 가운데 발전했으며, 그것이 유행으로 이어지면서 다양한 수트 스타일이 생겨났다. 하지만 아무리 많은 스타일이 생겨났다 해도 기성복도 맞춤복과 마찬가지로 게르만 계열, 라틴 계열, 아메리카 계열로 나눌 수 있다.

전후 앰버서더(대사) 스타일, 엔보이(특사) 스타일 등의 외교관 명칭을 수트에 붙인 것은 그저 유행을 부추기기 위함이었다. 기성복이 가장 발달한 미국에서 특히 이런 경향이 강했다. 일본에서도 이를 따라서 IOC 라인, 폴라 제트 라인 같은 명칭이 생겨났다.

현재는 대부분 디자이너 이름이나 브랜드 이름으로 바뀌었지만 수트는 스스로의 착용감으로 골라야 한다. 결코 유행이나 브랜드에 현혹되어서는 안 된다.

아무리 수트의 명칭이 늘어나고 수트 스타일이 다양하다 해도 클래식 스타일은 기본적으로는 앞서 말한 세 종류이며 나머지 스타일은 이 세 종류에서 파생된 것들이다.

게르만 계열 수트의 특징

영국을 중심으로 하는 게르만 계열 수트는 인체 라인을 그대로 따라서 좁힌 웨이스트, 직선적인 어깨 라인과 약간 각진 어깨, 넓은 옷깃과 아름다운 드레이프가 큰 특징이다. 드레이프는 등과 가슴에 생기는 옷감의 주름인데 영국 스타일은 특히 가슴 주름이 아름답다.

게르만 계열 수트는 영국 런던 서빌로우 거리의 양복점에서 만든 맞춤복이 기본이다. 서빌로우는 19세기 말부터 유명해진 런던의 전통적인 맞춤복 거리로서 역대 영국 왕실과 귀족들이 단골로 이용하는 곳으로 유명하다. 세계에서 가장 옷 잘 입는 사람 가운데 한 사람인 찰스 왕세자도 서빌로우 거리의 오래된 양복점인 헌츠맨 앤 선즈 (Huntsman & Sons)를 이용한다.

> 우리 영국인들은 얼마나 행운인가. 옷차림에 관심 있는 국왕과 왕세자가 있어서. 이는 그들이 옷차림을 개인적인 허영심이나 유혹의 수단으로서가 아니라 법과 질서를 지키기 위해서 중요한 역할을 한다는 사실을 민감하게 생각했기 때문이다.
>
> — 하디 에이미즈 경 ✛

☙ 저자의 어드바이스
남자의 복장은 허영심이 아니라 법과 질서, 그리고 타인에 대한 예의를 나타내는 것이다.

✛ 1909년 런던 태생. 1989년에 기사 작위를 받음. 영국을 대표하는 패션 업계의 중진 이자 여왕의 디자이너로 유명하다. 저서 『영국의 신사복(The Englishman's Suit)』 중에서.

〈쉐이프드 룩의 영국 스타일〉
영국인은 수트뿐 아니라 몸에 꼭 맞는 옷을 좋아한다.

모닝코트는 서너 조각의 작은 천으로 만들지만 서빌로우의 수트는 한두 조각의 넓은 천으로 구성되어 등 부분이 넓다.

서빌로우 수트, 즉 세계에서 가장 클래식한 프로포션을 지닌 영국 스타일 수트는 쉐이프드 룩(shaped look)이라고 불릴 정도로 웨이스트가 잘룩하며 두 손을 내린 상태에서 팔꿈치와 몸 사이에 세로로 기다란 삼각형 모양의 틈이 생긴다. 이 정도로 허리를 조인 수트 스타일은 영국 스타일뿐인데, 현재 세계 여러 나라의 모든 수트는 영국 스타일에서 파생된 것이다.

'쉐이프(shape)'란 '옷을 몸에 맞춘다'는 의미로서 영국 수트의 생각의 출발점이 테일러 메이드라는 사실을 알려준다. '옷을 몸에 맞춘다'는 발상은 어느 시대든 일관된 생각이었다. 기성복도 이러한 발상에 기반을 두고 만들어진다.

아메리카 계열 수트의 특징

아메리카 계열 수트를 이해하기 위해서는 우선 미국이 유럽의 식민지였다는 사실과 다양한 나라의 이민자가 유럽에서 미국으로 건너왔다는 사실을 염두에 둘 필요가 있다. 이민자들은 다양한 옷을 가지고 미국 땅을 밟았고 그것이 미국의 수트를 만들어 냈다.

영국, 스웨덴, 네덜란드, 핀란드, 스페인, 프랑스 사람들이 미국에 와서 정착했다. 그중에서도 영국인은 버지니아, 매사추세츠, 펜실베이니아, 코네티컷, 뉴욕 등의 지역에 많이 정착하였고, 따라서 이 지역의 수트 스타일은 영국 수트 스타일을 원형으로 한다.

〈미국의 내추럴 스타일〉

어깨 경사는 사람 어깨 라인 그대로다.

이민자들로 이루어진 미국은 원래 자유로운 기질이 강했기 때문에 영국 스타일의 답답한 프록 코트(Frock coat: 드레스 코트, 외투) 같은 옷을 싫어해서 19세기 말에는 이미 기능성을 추구한 '색코트[sack coat(suit)]'를 고안해냈다. 색코트는 문자 그대로 '커다란 보자기' 같은 수트이다. 영국 스타일처럼 어깨가 각지지 않고 자연스러우며 웨이스트도 조이지 않고 바지도 통이 넓은 스타일이 특징이다. 이것이 나중에 아메리칸 내츄럴 스타일과 아이비 스타일로 연결된다.

아이비 스타일은 원래 유니버시티 모델(university model)이라 불렀으며 미국의 전통적인 엘리트 학교 학생들이 즐겨 입었기 때문에 입는 사람의 신분을 나타내는 하나의 상징처럼 여겨졌다. 이것도 앞서 말한 색수트와 마찬가지로 스포티한 느낌의 수트라 할 수 있다.

색코트가 거의 한 세기에 걸쳐 미국인들에게 사랑받은 이유는 첫째 기능성이 좋아서 미국인들의 기질에 딱 맞았고, 둘째 기성복으로 대량으로 만들어졌고, 셋째 어떤 체형도 커버할 수 있기 때문이었다.

그 후 미국에서는 아메리칸 콘티넨탈, 아메리칸 컨템퍼러리 등의 이름으로 라틴 계열 수트를 참고한 새로운 스타일들이 생겨난다. 미국은 세계 최대의 기성복 시장인데, 이는 인구가 많은 만큼 기성복 역시 많이 필요했기 때문이다. 그러나 어떤 스타일의 기성복이라도 미국 수트의 기본은 현재까지도 내추럴한 색수트이다.

영국과 미국의 차이를 좀 더 간단하게 말하면 웨이스트를 조였는지 안 조였는지의 차이다. 미국 수트의 웨이스트가 더 널널하다.

1776년 필라델피아에서 격론 끝에 나라가 나아갈 길을 선택한 신사들이 입고 있던 옷은 보스턴에서 만든 영국풍 수트였다.

— 하디 에이미즈 경

> ✎ **저자의 어드바이스**
> 어떤 유행도 단순한 모방이 아니라 마지막에는 결국 그 나라 사람들의 기질이 만들어내는 것이다. 단 일본은 빼고.

라틴 계열 수트의 특징

라틴 계열 수트는 프랑스의 클래식 수트 스타일을 기본으로 해서 어깨 폭을 둥글고 넓게 만들었다. 웨이스트는 영국 스타일만큼은 아니지만 너무 끼지 않을 정도로 조이고 옷단이 허리에 밀착되게 한다(영국 수트의 옷단은 약간 벌어져 있다).

어깨가 넓고 옷단이 허리에 밀착되면 뒷모습은 V자형이 된다. 프랑스 수트 스타일을 오랫동안 'V라인'이라 부르는 것은 이 때문이다.

패션 부문에서 영국과 라이벌 관계에 있던 프랑스가 영국에서 탄생한 수트를 자기 나라만의 고유한 방식으로 잘 변화시킬 수 있었던 것은 여성복 스타일을 남성복에 성공적으로 도입했기 때문이다.

웨이스트를 최대로 조이고 어깨를 각지게 하여 남자다움을 강조한 영국 스타일에 여성적인 라인을 더해서 화려하게 표현한 스타일이 프랑스 스타일이다.

프랑스 스타일을 가장 멋지게 소화한 사람은 프랑스의 자크 시라크 전 대통령과 캐나다의 장 크레티앵 전 총리였다. 특히 자크 시라크 전 대통령은 전통적인 프랑스 프로포션 라인에 현대성을 가미한 차림새를 잘 소화해냈다.

이에 비해서 같은 라틴 계열인 이탈리아는 1960년 로마 올림픽 무렵이 되어서야 세계 수트 업계에 본격적으로 진입했다. 이탈리아의 수트 스타일에 가장 영향을 많이 받은 나라는 미국이었는데, 이때부터 아메리칸 스타일에 이탈리안 스타일이 더해지게 된다.

이탈리안 스타일은 원래 전부 맞춤복 중심이었으며 이탈리아에서 기성복이 생겨난 시기는 제2차 세계대전 직후였다. 당시 이탈리아에서 만들던 기성복은 모두 프랑스 기성복의 하청이었다.

같은 라틴 계열이지만 프랑스와 이탈리아의 기성복 스타일은 약간 다르다. 이탈리아는 맞춤복 시대가 길었기 때문에 영국의 영향을 많이 받았다. 따라서 이탈리아 기성복은 영국 스타일에 화려한 프랑스 스타일이 섞여 있다.

그런 의미에서 이탈리아의 기성복은 라틴 계열과 게르만 계열의 중간에 위치하는 새로운 스타일인데 역사적인 흐름에서 본다면 라틴, 게르만, 아메리카 계열의 세 가지 수트 스타일로부터 약간 거리를 두고 있다.

이탈리아 남성복 산업이 성공한 것은 영국이 과거에 그랬던 것처럼 섬유산업이 발달했기 때문이다.

한편 기성복 중심이었던 미국은 전통적인 영국의 테일러드(맞춤복) 스타일과 참신성을 추구하는 프랑스 스타일, 나중에 생긴 이탈리아 스타일 등 유럽의 트렌드에 늘 주목하면서 자기 나라의 기성복 제작에 참고하였으며 일본은 이러한 미국을 모방하였다.

〈라틴 스타일〉

어깨 폭을 강조하는 데 포인트를 두었다.

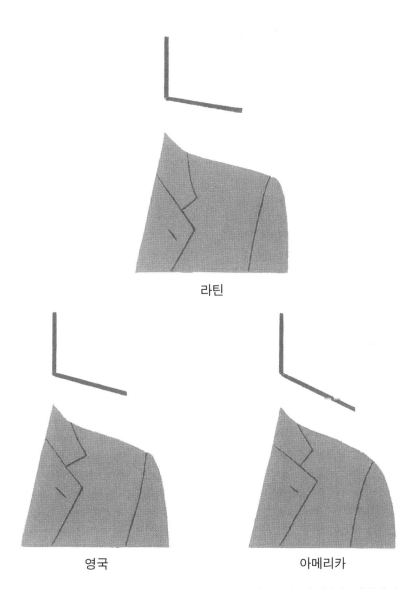

라틴

영국

아메리카

"수트를 맞출 때 가장 신경을 쓰는 것이 어깨 라인이다"라고 살바토레 페가라모의 둘째 아들 레오나르드 페라가모가 언젠가 내게 말한 적이 있다. 이탈리아 수트가 일본에서 인기 있는 이유는 일본인 중에 민틋한 어깨가 많기 때문이다. 민틋한 어깨에는 어깨 라인이 내추럴이 아닌 어깨를 약간 감싸 안는 듯한 스타일이 어울린다. 어깨 라인은 수트 스타일을 좌우하기 때문에 어떤 스타일이 자신에게 어울리는지 알아두는 것이 중요하다.

1930년부터 1936년에 걸쳐서 복장의 기본적인 몇 가지 틀이 만들어졌다. 이것은 모든 남성이 스스로의 개성과 스타일을 나타내는 표현의 척도로써 오늘날에도 충분히 통용된다.

— 이브 생로랑✤

🖎 저자의 어드바이스
아무리 변화가 있다 해도 남자 옷의 기본적인 틀은 반세기 전에 완성되었다. 브랜드에 현혹되지 마라.

영국은 트레디셔널리스트(전통을 중시하는 사람 — 옮긴이)이며 이탈리아는 익스프레셔니스트(전통에 더해 풍부한 표현력을 갖춘 사람 — 옮긴이)이다.

— 제임스 앵거스 바우✤✤

🖎 저자의 어드바이스
전통을 취할지 표현력을 취할지는 자유지만 표현력도 어디까지나 전통에 기반을 둔 것이라야 한다. 이탈리아 수트가 세계적인 옷이 된 이유는 바로 이 점 때문이다.

✤ 프랑스의 저명한 패션 디자이너. 1936년 당시 프랑스 식민지였던 알제리의 오랑에서 태어났다.
✤✤ 코트로 유명한 영국 메이커 아쿠아큐스텀의 전 사장

클래식 수트의 흐름

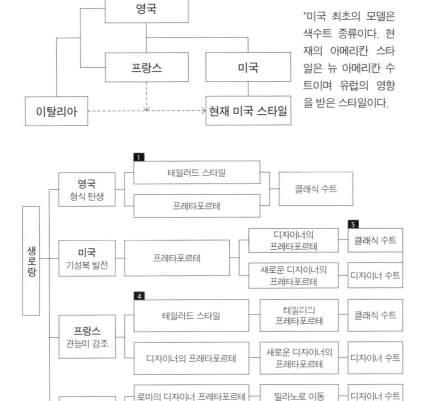

*미국 최초의 모델은 색수트 종류이다. 현재의 아메리칸 스타일은 뉴 아메리칸 수트이며 유럽의 영향을 받은 스타일이다.

✛　숫자는 가장 클래식하다고 생각되는 순위
✛✛　프레타포르테는 고급 기성복을 뜻한다.

2. 클래식 수트의 느낌

수트는 제2의 피부

게르만계, 라틴계, 아메리카계 등 어떤 수트 스타일이든 간에 클래식 수트는 사람 몸에 맞아야 한다.

언제나 유행이 바뀌는 패션의 세계에서 단 하나 변하지 않는 것은 품격 있는 '간소함'이다.

— 죠지 프레이저✚

🪶 저자의 어드바이스

이 말은 남성 수트 스타일의 지향점을 소름이 돋을 정도로 명쾌하게 표현하고 있다. 간소함이야 말로 세계 어디서나 통하는 클래식 스타일이다.

✚ 미국의 저널리스트, 패션 코디네이터. ≪에스콰이어≫에 오랫동안 남성 패션론을 기고하였다.

착용감은 어깨와 겨드랑이 밑에서 웨이스트로 이어지는 조임이 전부이고 다른 부분은 별로 관계없다. 이 두 부분이 꼼꼼하고 솜씨 있게 만들어졌다면 수트는 저절로 몸에 맞게 된다.

수트를 입은 사람의 움직임에 따라 수트 여기저기에 자연스러운 주름이 생긴다. 그것은 멋진 주름이다. 사람의 움직임이 멎으면 거짓말처럼 사라진다. 일류 오케스트라 지휘자의 등에 생기는 주름에 주목하라. 그들은 항상 등 뒤 관객을 의식하며 최고의 맞춤옷을 입는다. 지휘봉을 흔드는 그들의 등에는 복잡하고 움직임이 빠른 주름이 여기저기 생기지만 지휘봉을 내려놓자마자 모든 주름이 순식간에 사라진다. 클래식하면서도 몸에 잘 맞는 수트는 사람의 근육이나 피부와 같은 움직임을 한다.

수트는 사람의 제2의 피부다.

— 움베르토 안젤리노✛

🖋 **저자의 어드바이스**
클래식 수트는 언제나 사람의 신체에 맞게 재단되고 봉제된다. 그 수트를 입은 사람이 가장 움직이기 편하고 쉽게 피곤해지지 않는 수트가 클래식 수트다.

더블, 싱글, 투피스, 스리피스 등 모든 클래식 수트의 기본은 몸에 맞아야 한다는 것이다. 몸에 맞으려면 움직임이 가장 많은 부분이자 팔과 몸판을 연결해 주는 어깨 부분을 꼼꼼하게 작업해야 한다. 팔

✛ 세계적인 고급 기성복 수트 장인. 로마의 패션 기업 브리오니 로만 스타일의 CEO.

이제 맘대로 움직이더라도 다른 부분은 결코 그것에 영향받지 않아야 한다.

잘 만든 옷은 두 팔과 몸체가 따로따로 자유롭게 움직일 수 있고 팔이 움직여도 몸판 부분이 이를 따라가지 않는 옷이다. 이를 위해서는 옷이 인체와 똑같이 움직이도록 가공하여야 한다.

잘 만든 옷이 꼭 클래식한 옷은 아니다. 다만 잘 만든 옷은 사람 몸에 잘 맞게 만들었기 때문에 필연적으로 클래식해진다.

과장이나 허세는 전혀 없어야 한다. 약 한 세기 반 전에 영국의 승마복에서 수트가 탄생했다. 승마는 격한 움직임을 요구한다. 좋은 승마복은 가능한 사람의 몸을 충실하게 따라가야 한다. 이것이 클래식 수트의 기본 철학이다.

수트는 한 세기 반에 걸친 역사의 흐름 속에서 넥타이나 셔츠의 트렌드에 따라 세세한 디테일의 변화를 겪었다. 그러나 입은 사람이 쉽게 피곤해지지 않고 움직이기 쉬워야 한다는 클래식 수트의 기본 사상은 전혀 변하지 않았다.

어깨는 앞으로 나오게 하는 것이 좋다. 사람은 앞으로 움직이기 때문이다. 수트는 사람의 어깨를 단단히 감싸며 앞으로 밀려 나가는 것처럼 만들어야 한다. 입었을 때 어깨를 양쪽에서 꽉 잡아주고 마치 앞으로 미는 듯한 느낌이 드는 수트가 최고의 수트다.

반대로 어깨에 아무 느낌도 없는 수트가 가장 나쁜 수트다. 아무리 스타일이 클래식해 보여도 어깨의 단단함이 없는 수트는 클래식이라고 할 수 없다. 그런 양복은 가운이나 마찬가지다.

착용감이 좋고 나쁘고를 결정짓는 중요한 기준 하나가 재킷의 무게다. 그런데 이 무게란 재킷 자체의 무게를 말하는 것이 아니다. 어깨에 잘 맞으면 재킷은 가볍게 느껴진다. 어깨를 기준으로 무게가 분산되기 때문이다.

반대로 재킷 자체가 아무리 가벼워도 어깨에 잘 맞지 않는 재킷은 무겁게 느껴진다. 수트는 몸 전체가 아니라 어깨로 입는 것이다.

"이 재킷은 가벼워요" 이렇게 말하는 점원을 믿으면 안 된다. 손으로 들어서 가벼운 것과 입었을 때 가벼운 것은 의미가 다르다. 손으로 들어서 가벼워도 그 재킷이 어깨에 맞지 않으면 무겁게 느껴진다. 이것은 진리다.

기성복은 특정한 틀에 맞춰 만들기 때문에 결코 모든 사람들의 어깨에 맞춤복처럼 잘 맞을 수가 없다. 사람들의 어깨 모양이 천차만별이기 때문이다. 옷이란 것은 모름지기 사람의 몸이 있고 나서 존재한다는 현실을 잊어서는 안 된다.

어깨에 맞지 않는 재킷은 서투른 시인이 만든 운율 맞지 않은 시와 같다.

어깨와 재킷 사이가 헐렁헐렁한 수트가 매장에 많이 걸려 있다는 현실을 알아야 한다. 뒤집어 보면 금방 알 수 있다. 너무 큰 진동(어깨선에서 겨드랑이까지의 폭이나 넓이) 부분, 어깨가 붕긋하게 올라간 옷에는 흥미를 보여서는 안 된다.

걸을 때 전체가 좌우로 펄럭이는 수트는 최악이다.

웨이스트의 조임 정도는 각자의 기호가 있기 때문에 꽉 끼어도 약간 헐렁해도 상관없다. 단 과거의 아메리칸 수트처럼 '통짜 스타일'은 클래식 수트 범주에 들어가지 않는다. 사람 몸의 흐름을 완전히 무시한 옷이기 때문이다.

클래식 수트는 인간의 제2의 피부가 되어야 한다. 이 또한 진리다.

가운은? 그래, 그래. 재봉사여, 그걸 보여주게

오, 이게 뭐야. 가면무도회에 입고 나갈 옷인가?

이건 뭐야, 이게 소매야? 대포 구멍이지.

— 셰익스피어 「말괄량이 길들이기」✛

🖎 저자의 어드바이스

눈으로 보고, 입어 보고, 입고 걸어 보고, 뒤집어 볼 것. 수트를 선택하는 네 가지 기본이다.

✛ 1592년~1594년작으로 추정되는 셰익스피어의 희극.

3. 클래식 수트의 라펠에 대해서

부드러운 라펠의 수트

라펠(옷깃)은 좋은 수트를 고르는 중요한 기준이다.

잘 만든 라펠은 나풀나풀하게 젖혀져 있으면서도 몸판에 평평하
게 붙어 있다.

― 닛키 스미스✦

🖋 저자의 어드바이스

훌륭한 클래식 수트는 라펠만으로 판단할 수 있다. 라펠이 몸판에 찰싹
붙어 있는 수트는 잘못 만든 수트다.

✦ 영국의 패션 저널리스트, 『더 스타일 북』의 저자.

라펠이 몸판에 딱 달라붙어 있는 것처럼 거만한 모습으로 뒤로 젖혀져 있다면 잘못 만든 수트라고 생각하면 된다. 트위드 같은 중량감이 있는 원단으로 만든 수트를 제외하면 바람이 불면 살랑살랑 날릴 것 같은 라펠이 붙은 수트를 골라야 한다. 프랑스의 자크 시라크 전 대통령의 수트 라펠은 항상 그랬다.

일류 테일러는 손님이 수트를 열 번 정도 입어 봐야 겨우 느낄 수 있는 극히 작은 결점조차 없애 버리기 전에는 자신의 작업이 끝나지 않았다고 생각한다.

— 조지 플레이저

✎ **저자의 어드바이스**
테일러의 수작업이 얼마나 확실한지 판단하려면 무엇보다도 라펠이 얼마나 부드러운지를 보아야 한다.

좋은 라펠 구별법

기성복 가운데 좋은 라펠이 들어간 수트를 구별하기 위해서는 우선 라펠을 뒤집어 보고, 윗깃과 아랫깃의 바느질 선을 확인해야 한다. 바느질을 손으로 한 것이 제대로 만든 기성복이다. 수작업을 한 라펠은 바느질 선이 거칠고 균일하지 않기 때문에 금방 알 수 있다.

윗깃의 일부분이 안쪽으로 25~30밀리미터 정도 접혀 있으면 더욱 좋다. 이렇게 만드는 것이 맞춤옷의 전통인데, 이는 옷깃이 낡아서 닳으면 뒤집어서 다시 바느질하기 위해 미리 확보해 둔 여분의 옷감

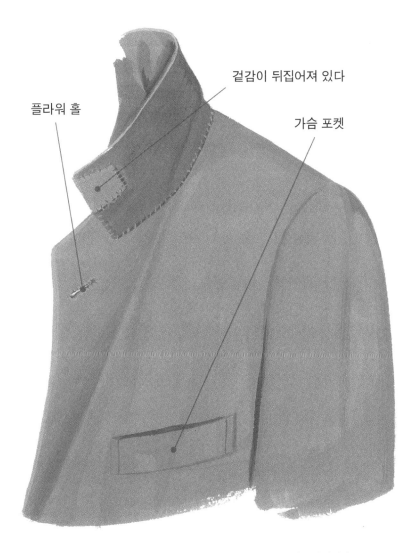

플라워 홀

겉감이 뒤집어져 있다

가슴 포켓

겉감을 안쪽으로 뒤집어 넣는 일은 옛날에는 맞춤복의 증거였지만
지금은 고급 기성복에서도 그렇게 하는 브랜드가 있다.
좋은 양복을 선택하는 기준의 하나로 알아두면 좋을 것 같다.

으로 그만큼 꼼꼼하게 옷깃을 만들었다는 증거다.

좋은 라펠을 알아보는 가장 간단한 방법은 라펠 끝단을 손가락으로 가볍게 쥐고 살랑살랑 흔들어 보는 것이다. 아무 저항 없이 손가락 움직임과 같이 흔들리면 라펠이 부드럽게 만들어진 수트다. 다른 수트와 비교해 보면 더 잘 알 수 있다.

라펠 전체를 손바닥으로 가볍게 쥐어 보고 전체적으로 부드러운 느낌이 드는 옷을 골라야 한다. 단단한 느낌이 들면 피해야 하는데, 라펠 외의 부분에도 단단한 심지를 사용한다고 볼 수 있기 때문이다.

좋은 수트를 구입하기 위해서는 우선 소매를 넣어 입어 보고, 다음으로 라펠이 얼마나 부드러운지 확인하는 것이 기본이다.

단단한 심지를 좋아하는 사람들도 있는데 단단한 심지는 그 옷을 입는 사람을 피곤하게 만들기 쉽다.

클래식 수트 라펠의 크기

클래식 수트의 라펠은 결코 유행에 좌우되지 않는다. 클래식 수트 스타일은 전체적인 밸런스가 중요하다. V존 크기, 주머니 크기, 바지통, 웨이스트 조임새 등과 밀접한 관련이 있다. 시즌마다 유행을 따라서 라펠의 폭이 넓어졌다 좁아졌다 하는 브랜드는 피해야 한다.

라펠 폭은 가슴 포켓의 4분의 1에서 3분의 1가량을 덮는 정도가 가장 우아한 인상을 준다.

싱글 수트의 경우 라펠 폭이 가장 넓은 부분, 즉 아랫깃의 뾰족한 끝부분이 약 9~10센티미터 정도라면 클래식 수트라 할 수 있다.

라펠과 가슴 포켓이 너무 떨어져 있으면 품위가 없어 보인다.

브랜드에 따라서는 라펠의 가장자리에 스티치 자국이 보이는 옷이 있다. 고급스러운 느낌을 주기 위해서 그렇게 한 것이지만 클래식 수트 스타일과는 아무런 관계가 없다. 겉모습에 속으면 안 된다.

라펠 종류와 고지 라인의 기준

라펠 종류는 다양하지만 보통 싱글 수트에 많이 사용되는 노치드 라펠(notched lapel)과 더블 수트용인 피크드 라펠(peaked lapel) 정도만 알아두면 충분하다.

라펠의 종류를 외우는 일보다 중요한 일은 윗깃과 아랫깃을 잇는 봉재선인 고지 라인(gorge line)의 출발점과 고지 라인의 경사각의 기준을 알아두는 것이다.

클래식 싱글 수트의 고지 라인 시작점은 목덜미에서 약 8~9센티미터 되는 위치이다. 또 고지 라인과 아랫깃이 만드는 각도(고지 라인이 시작되는 위치의 바로 밑 각도, 일러스트 참조)는 약 50도다. 이것이 가장 우아하게 보이는 라펠이므로 이 두 가지 숫자를 알아두자.

고지 라인의 출발점이 아래로 내려가면 내려갈수록 윗깃이 커지고 라펠 전체가 밑으로 내려가게 된다. 클래식 수트는 턱시도의 예를 보아도 알 수 있듯이 노치의 삼각형 박음질(윗깃과 아랫깃 사이의 박음질)이 어깨 바로 밑에 붙어 있는 것 같은 느낌이 필요하다(다음 페이지의 그림 참조). 따라서 고지 라인의 출발점이 목덜미에서 9센티미터를 넘어서는 안 된다.

9센티미터

고지 라인 출발점

고지 라인

노치 박음질

윗깃

50도

아랫깃

라펠 폭은 가슴 포켓을 4분의 일에서 3분의 1쯤 덮을 정도라야 한다.
라펠 폭이 좁고 가슴 포켓과 너무 떨어져 있는 수트는 어쩐지 제복처럼 보인다.

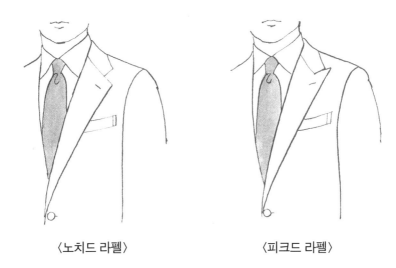

〈노치드 라펠〉　　　　　　〈피크드 라펠〉

보통 수트 라펠은 이 두 종류뿐이다.

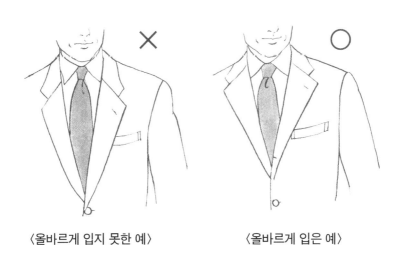

〈올바르게 입지 못한 예〉　　　　　〈올바르게 입은 예〉

왼쪽 그림에서는 고지 라인이 상당히 아래에 있다.
이렇게 되면 셔츠 깃 연장선과 고지 라인이 이어져 V존이 정돈되니 않는다.
오른쪽 그림처럼 셔츠 깃 가운데 부분 정도에 고지 라인이 맞춰져야 한다.

이에 비해 캐주얼한 수트나 재킷은 고지 라인 출발점을 10센티미터 이상으로 내리고 고지 라인 출발점의 바로 밑 각도도 좁다. 그 결과 옷깃 전체가 카디건처럼 보인다.

클래식 수트 중에서도 고지 라인 출발점을 10센티미터 이상 내리는 스타일도 있다. 그러나 그 경우 고지 라인이 수평에 가까워지고 그대로 아랫깃 윗변에 붙게 되기 때문에 노치 위치는 내려가지 않고 노치의 삼각형 박음질이 작아질 뿐이다. 이것도 매우 클래식한 인상을 주는 수트다. 이상에서 살펴보았듯 클래식 수트를 구별할 때 고지 라인의 경사각과 노치 박음질 위치는 중요하다.

더블 수트의 경우는 고지 라인 출발점을 9센티미터 이내로 한다. 고지 라인 그 자체가 아랫깃까지 이어지는 싱글과는 달리 L자형을 보인다. L자형 각도는 100도 정도가 가장 좋다.

우아한 V존을 만들기 위해서

고지 라인이 너무 내려간 수트는 클린턴 전 미국 대통령의 예에서 볼 수 있듯이, 셔츠 깃 라인과 겹쳐지게 된다(고지 라인 연장선에 셔츠 깃 라인이 이어지기도 한다. 앞 페이지 그림 중에서 아래 왼쪽 그림 참조). 그러면 V존이 깔끔하지 못하다.

우아한 V존은 고지 라인 출발점이 셔츠 깃 라인의 가운데 정도(목 옆쪽 중앙 부근)에 위치할 때 만들어진다. 또, 셔츠는 와이드 칼라가 가장 클래식해 보인다.

원래 남자 몸은 부드러운 역삼각형을 그리고 있다. 그래서 수트

몸판도 여러 개의 삼각형으로 이루어져 있다. V존을 비롯해서 수트 좌우의 라펠 아래와 위, 셔츠의 좌우 깃, 셔츠 깃과 깃 사이, 넥타이의 매듭 등을 합하면 9개의 삼각형이 생긴다.

따라서 라펠의 고지 라인과 그 출발점은 이 9개의 삼각형을 깔끔하게 보이게 하는 데 가장 중요한 역할을 한다. 남자의 가슴 부분은 언제나 대칭적이어야 한다. 대칭성은 언제나 단정함과 정통성을 표현할 뿐 아니라 다른 사람에게 품위 있는 인상을 준다.

플라워 홀에 대해서

라펠의 플라워 홀(꽃이나 배지를 다는 구멍)의 폭은 20밀리미터이며 구멍은 완전히 뚫려 있어야 한다. 이것이 막혀 있거나 반만 뚫려 있는 것은 올바른 수트가 아니다.

플라워 홀의 바늘땀은 꼼꼼하게 수작업으로 박아야 한다.

만약 플라워 홀이 세로가 아니라 가로에 가깝게 새겨져 있다면 그것은 수트에 클래식한 분위기를 더하기 위한 의도라 할 수 있다.

플라워 홀은 보통 아랫깃의 윗변에서 3.5센티미터 아래에 평행으로 박음질되며 플라워 홀이 세로에 가까워질수록 캐주얼한 분위기가 더 커진다. 플라워 홀은 원래 제일 윗 단추가 있었던 흔적(더블 수트 양쪽 라펠에 구멍이 나 있는 것은 그 때문이다)이므로 단추 구멍은 세로가 아니라 가로로 만드는 것이 기본이다. 따라서 플라워 홀은 가로 또는 살짝 기울어진 것이 클래식 스타일이고 세로로 되어 있을수록 장식적인 의미가 커진다.

무엇보다도 클래식 수트에는 아랫깃 뒤쪽의 플라워 홀의 7센티미터 정도 아래에 꽃가지를 꽂을 수 있는 구멍이 실로 휘갑쳐져 있다.

시즌마다 새로 발표되는 수트에 현혹되어서는 안 된다. 새로운 옷은 클래식을 아무렇지도 않게 왜곡한다. 거우 2센티미터 정도의 플라워 홀 하나가 수트의 전체 모습을 바꿔 버린다.

유행보다 더 악랄한 도둑놈이 어디 있겠는가? 놈들이 덤벼들면 누구든지 눈이 빙글빙글 돌지. 특히 14살에서 35살까지의 혈기 왕성한 젊은이들은 다들 그렇지 않나?

— 윌리엄 셰익스피어, 「헛소동」✝ 제3막 제3장

🖎 **저자의 어드바이스**
못된 도둑놈으로부터 스스로를 지키는 방법은 단 하나. 클래식한 수트를 판별하는 안목을 가질 것. 그런데 50살이 넘어서도 못된 도둑놈에게 당하는 사람도 있다.

✝ 1598년 셰익스피어의 희극.

4. 단추의 용도는 실용과 장식

단추는 원래 액세서리다

남성 수트의 부속물 중에서 단추만 유일하게 튀어나와 있다. 단추가 달려 있는 것이 실용적인 목적 때문임에는 틀림없지만 돌기가 있다는 것을 감안한다면 액세서리의 하나라고 해석하는 것이 옳다. 만약 단추를 단 이유가 실용적 용도뿐이라면 그것을 지퍼로 바꾼다 해도 무방하기 때문이다.

단추는 고대 그리스 시대부터 내려온 장식품으로서 2000년 이상 내려오는 역사가 있다. 중세 유럽 궁정복에는 앞 단추만 30개 이상 달려 있었다. 단추가 커프스(셔츠의 소맷부리) 버튼과 마찬가지로 남자의 액세서리였기 때문이다.

처음에는 단추 구멍(버튼 홀)이 없는 시대가 길게 이어졌다. 이 시대에는 단추 구멍 없이 단추만 옷 여기저기에 달아 놓았다.

복장에 대한 무관심은 자살과 같다.

— 오노레 드 발자크✛, 『발자크 풍속 연구』

✎ **저자의 어드바이스**

복장에 대한 관심은 복장 전체를 아울러야 한다. 넥타이를 매일 바꾼다고 해서 복장에 대한 관심이 높다고 말할 수는 없다.

그 후에는 실을 둥글게 꼬아서(한복 마고자 단추 걸이처럼 — 옮긴이) 단추를 거는 방식이 고안되었고 나중에 현대의 수트처럼 옷감에 구멍을 뚫고 단추를 고정시키는 방식으로 바뀌었다.

옷감에 직접 구멍을 뚫게 된 이후부터는 버튼 홀도 단추처럼 하나의 장식으로 간주되었다. 현재도 버튼 홀을 아름답게 보이기 위한 전통적인 핸드 워크 기술이 유럽 각지에 남아 있다.

고품질 수트의 버튼 홀은 꼼꼼하게 제작해야 한다. 한 세기 전의 미국의 기성복 카탈로그를 보면 '버튼 홀을 손바느질로 만들었다'라는 광고 문구가 많이 보인다. 다른 부분은 전부 재봉틀로 봉제했지만 버튼 홀 주변을 실로 감친 부분은 외부에 드러나기 때문에 버튼 홀을 손바느질로 만들었다는 사실이 그 수트가 고품질 제품임을 증명하는 단서로 쓰였다.

맞춤복이나 일부 고급 수입 기성복은 버튼 홀 주변의 실로 감친 부분을 맞춤복의 전통에 따라서 전부 손바느질로 만든다. 손바느질인지 아닌지를 판별하려면 감친 부분의 바깥쪽과 안쪽을 확인해 보

✛ 프랑스의 소설가.

면 된다. 안쪽은 대부분 경우에 바느질이 균일하지 않다. 외부에 보이는 바깥쪽 바느질을 깔끔하게 하려면 안쪽을 희생시켜야 하기 때문이다. 바깥쪽과 안쪽의 바느질이 서로 다른 것이 손바느질의 큰 특징이다.

그러나 기계로 감친 버튼 홀은 바깥쪽과 안쪽이 다 균일하다. 버튼 홀 감치기는 바깥쪽과 안쪽이 균일하지 않은 것이 진짜다.

단추 소재

원래 일본 전통 옷에는 단추가 없었기 때문에 단추를 매듭 문화의 연장선에서 받아들였다. 그래서 단추를 장식적인 측면보다 실용적인 것으로 생각해왔다.

일본이 기성복 단추를 정형화된 싸구려 플라스틱(artificial horn)으로 만드는 것은 그 때문이다.

유럽은 단추를 도기, 유리, 종이 점토, 놋쇠, 금, 은 등을 써서 만든 역사가 있는데 현재와 같이 심플한 수트 스타일이 확립된 이후부터는 세련되면서도 수트의 소재와 어울리는 소재를 사용하게 되었다.

현재 유럽의 맞춤복이나 고급 기성복에 사용되는 단추 소재 중에서 대표적으로 클래식한 소재가 혼 버튼(horn button)과 베지터블 아이보리(vegetable ivory)다.

혼 버튼은 인도, 아프리카, 아르헨티나, 라틴 아메리카산 소와 버펄로 뿔을 가공한 것인데 이는 원래 정육업자가 부업으로 만들었다. 주로 베이지색과 갈색이며 세월이 흘러도 튼튼하고 변색되지 않기 때문에 고급 버튼의 대명사였다.

베지터블 아이보리는 제1차 세계대전 무렵까지는 남미의 야자수 씨앗을 가공하여 만들었다. 이 재료는 우연히 참호 속에서 쥐가 발견한 것이라고 전해진다.

유럽의 클래식 수트에 사용되는 단추들 중에는 이 베지터블 아이보리가 많다. 반짝이지 않고 눈에 띄지 않으며 시간이 흐를수록 회색을 띤 브라운색으로 변하면서 점점 더 고급스러워지기 때문이다.

클래식이란 말을 오래된 패션 용어라고 생각할지 모르지만, 저에게는 오히려 그 반대입니다. 저는 옷이란 것은 변화시키지 말고 몇 년이고 계속 입을 수 있어야 한다고 생각합니다.

— 이브 생 로랑

✍ **저자의 어드바이스**

원래부터 클래식한 것은 존재하지 않는다. 시대의 흐름과 함께 불필요한 부분과 겉치레를 버리고 점점 더 세련되고 본질에 가까워지는 것이다. 그것을 어쩌다가 클래식하다고 부르게 되었을 뿐이다.

프론트 버튼 위치

단추와 버튼 홀은 장식이긴 하지만 앞 단추는 반드시 채워야 한다. 단추를 풀어도 되는 때는 앉아 있을 때뿐이다.

프론트 버튼(윗도리 앞 단추)은 원래 두 가지 효과가 있다. 하나는 장식 효과. 또 하나는 프론트 버튼을 채웠을 때 웨이스트 주변이 깔끔하게 보이게 하고 다리가 길어 보이게 하는 효과다. 이러한 효과가 나타나는 이유는 버튼을 채우면서 형성되는 윗도리의 프론트 컷이 하반신 프로포션을 정돈시켜 주기 때문이다. 거의 모든 형태의 수트에 웨이스트 라인 가까운 위치에 버튼이 달려 있는 것은 이 때문이다.

스리 버튼 수트는 가운데 하나만 채우고, 투 버튼 수트는 윗단추만 채워야 아름다운 프로포션을 만들 수 있다.

클래식 수트의 프론트 버튼 위치는 처음부터 정해져 있다. 맨 아랫단추는 양 사이드 포켓 상단의 연장선과 같다. 만약 수트가 투 버튼이라면 그 위치에서 10.5~11센티미터 위쪽에 다른 버튼을 단다. 스리 버튼의 경우에는 센터 버튼에서 같은 간격으로 올라간 곳이 탑 버튼의 위치가 된다. 이것이 가장 균형 잡힌 버튼 위치인데 이것은 철저하게 계산된 것이다.

맞춤복만 있던 시절에 사람마다 각기 다르게 생긴 신체의 웨이스트 라인의 연장선상에 채움 단추(실제로 채우는 버튼. 스리 버튼의 경우에는 가운데 단추가 채움 단추다)의 위치를 정해 놓고 나머지를 조정한 결과 이렇게 된 것이다.

수트에 따라서는 맨 아랫단추가 양쪽 포켓의 연장선보다 위에 위치하거나 연장선에서 3~4센티미터나 내려간 옷도 있는데 이는 유행을 쫓아간 수트다.

현대 클래식 기성복 중에는 프론트 버튼들 사이 간격이 10센티미터가 안 되는 것도 있다. V존이 큰 편이 다양한 체형의 사람들에게 두루 어울리기 때문에 이렇게 만든 것이다. 이것은 엄밀하게 말해서 디테일을 약간 변형시킨 스타일에 지나지 않으므로 결코 클래식을 파괴하는 일은 아니다.

클래식 스타일의 디테일을 변경할 때는 시장의 동향을 의식하되 기본을 변경하는 일은 하지 않아야 한다. 왜냐면 앞에서 언급한 개개의 수치들은 수트 전체의 균형을 맞추기 위해 한 세기에 걸쳐서 재단사들이 확립한 수치이며, 양복 업계가 그 수치의 평균치를 낸 것이기 때문이다.

대부분의 사람은 여유가 없어서 기계로 만든 수트를 입는다. 부자연스러운 수트 단추의 위치는 그 옷이 맞춤복이 아니라는 사실을 보란 듯이 증명한다. 그런 옷은 안 입는 편이 가장 좋다.

— 하디 에이미즈 경

✎ **저자의 어드바이스**
클래식 수트는 모두 밀리미터 단위로 구성되어 있다.

소매 단추와 버튼 홀

클래식 수트의 소매 단추는 네 개가 기본이다. 그리고 소맷부리에서 세 번째 단추까지는 진짜 버튼 홀이 있어야 한다. 진짜라 함은 구멍이 뚫려 있어서 프론트 버튼이나 플라워 홀처럼 꼼꼼하게 수작업으로 만들어져야 한다는 뜻이다. 이를 트임소매라고 한다.

영국이나 이탈리아의 클래식 수트는 전통적으로 맨 안쪽 네 번째 버튼 홀의 구멍을 막아 놓는다. 서양에서는 보통 고품질의 수트와 재킷은 아이들에게 물려준다. 만약 아이가 자라서 아버지보다 팔이 길어져서 소맷부리를 더 내야 할 필요가 생겼을 때 소맷부리를 낸 다음 맨 안쪽 네 번째 단추를 떼어서 소맷부리의 첫 번째 단추로 삼는다. 원래 있었던 첫 번째 단추가 두 번째 단추가 되는 셈이다. 이 때 원래 네 번째 단추의 구멍이 뚫려 있지 않고 실바느질만 되어 있다면 손쉽게 흔적을 남기지 않고 지울 수 있기 때문이다(실바느질만 되어 있으면 실을 뽑으면 흔적이 남지 않지만 구멍을 뚫어 놓았다면 흔적이 남기 때문이다). 첫 번째 소매 버튼 홀은 새로 뚫으면 된다.

소매의 버튼 홀을 뚫는 이유는 손을 씻을 때 수트 소매가 젖지 않게 버튼을 풀고 걷어 올리기 위한 것이다.

소맷부리에 버튼을 달게 된 것은 나폴레옹군이 러시아에 침공했을 때 너무 추운 나머지 병사들이 끊임없이 소매 끝으로 콧물을 닦는 것을 방지하려고 했다는 설이 남아 있는데 사실 여부는 확실치 않다.

요즘 기성복 가운데는 소매 버튼 홀을 뚫지 않고 실바느질로 감치기만 한 것, 심지어는 그것도 하지 않고 버튼만 단 엉터리도 보인다. 이런 옷을 클래식 수트라고 부르는 것은 큰 잘못이다.

〈트임 소매〉

소맷부리부터 첫 번째 단추까지 길이는
3.5센티미터가 기본이다.
맨 윗쪽 버튼 홀은 막혀 있다.

5. 클래식 수트의 바지는 허리로 입는다

바지는 밑위가 깊은 것을

청바지가 유행하기 시작했을 무렵부터 캐주얼 바지를 비롯해서 수트 바지도 언제부턴가 밑위(허리선부터 엉덩이 부위 아래 선까지 — 옮긴이)가 짧아졌다. 웨이스트 라인보다 아래인 히프 라인, 구체적으로는 허리뼈 부근에 겨우 걸치듯이 수트 바지를 입는 사람이 많아진 까닭이다.

이와 달리 클래식한 바지는 허리의 잘록한 부분까지 올라오는 밑위가 긴 바지를 말한다. 이런 바지는 안정감이 있을뿐더러 하반신의 프로포션을 아름답게 가다듬게 만드는 바지다.

밑위가 짧은 바지를 입게 되면서 서스펜더(멜빵)는 사용하지 않게 되었는데, 사실 클래식하고 올바른 남자의 정식 스타일은 밑위가 긴 바지를 서스펜더로 매는 것이다.

동아시아 어느 나라에서는 한 해의 대부분을 수트 반쪽만 입고 있는, 즉 트라우저(양복 바지)만 입고 있는 이상한 모습의 남성들을 많이 볼 수 있다. 아마 자신들이 수트를 일부라도 입고 있다는 사실을 보여주려고 그러는 것이리라.

— 하디 에이미즈 경

✎ **저자의 어드바이스**
올바른 수트 스타일은 재킷과 바지, 셔츠와 넥타이, 양말과 구두로 성립된다. 반쪽 스타일은 수트 스타일이라고 할 수 없고 볼썽사나울 뿐이다.

서양에서는 의자에서 일어서면서 밑으로 흘러내린 바지를 추켜올리는 동작을 가장 흉한 모습으로 본다. 이런 모습을 피하기 위해 수트 스타일이 일반화한 시기부터 벨트가 아닌 서스펜더를 썼다.

벨트는 원래 신사복을 입기 위한 도구가 아니라 병사들이 여러 가지 무기를 매다는 도구로서 생겨났다. 따라서 클래식 스타일의 바지는 벨트 고리가 없고 밑위가 깊은 것이 올바르다.

예부터 수트는 어깨로 입는 것이라고 했다. 재킷이나 바지를 떠받치는 곳은 어깨이기 때문이다.

재킷은 어깨가 없으면 입을 수 없고 바지는 서스펜더로 어깨에 걸친다.

서스펜더를 사용하면 어깨가 결린다는 이유로 싫어하는 사람이 많지만, 그렇다고 해도 서스펜더 대신 벨트를 매는 일은 원칙적으로 보아 클래식하다고는 할 수 없다. 수트 스타일의 실루엣은 항상 위에서 아래로 흐르기 때문이다. 허리 라인에 벨트를 차면 결과적으로

바지는 웨이스트 라인으로 입는다. 클래식한 바지는 밑위가 깊어야 한다.

그 흐름을 아래위로 끊어 버린다. 만약 당신이 정통 클래식 방식으로 수트를 입기 원한다면 바지는 벨트를 매지 않는 스타일을 선택하는 게 좋다.

> 바지에는 앉았을 때의 바지와 섰을 때의 바지가 있다.
>
> — 프랑코 프린지발리✦

✎ 저자의 어드바이스
일류 테일러는 수트를 맞추는 사람이 서 있는 시간이 긴지, 앉아 있는 시간이 긴지에 따라서 서 있는 바지와 앉아 있는 바지를 미묘하게 다르게 재단한다.

바지 프로포션

바지의 실루엣은 유행에 따라 가장 자주 바뀐다. 클래식한 바지의 실루엣은 바짓단이나 통을 넓게 한 것이 아니라 인체의 흐름에 순응하면서 극단적으로 느껴지지 않는 자연스러운 모습이다.

따라서 클래식한 바지의 프로포션은 사람의 몸 모양이 그런 것처럼 바짓단 쪽을 향해서 자연스럽게 좁아져야 한다.

클래식한 스타일이 항상 인체에 핏하게 만들어지는 이유는 그것이 가장 자연스럽기 때문이다. 만약 어딘가 부자연스러운 스타일,

---

✦ 이탈리아의 대표적인 재단사. 이탈리아에서 2년에 한 번 개최되는 테일러 콘테스트 '금 가위상'의 심사위원장으로도 유명하다.

예를 들어 라틴계 디자이너들이 가끔 시도하는 어깨 부분을 과장하는 스타일 등은 아무래도 사람들의 시선이 그쪽으로 향하게 하기 쉽기 때문에 전체 흐름을 차단해 버린다. 여기서 흐름을 차단한다는 말은 옷의 어떤 특정한 부분만 눈에 띄어서 보는 사람의 시선이 자연스럽게 흘러가지 않게 되는 것을 뜻한다.

흐름이 차단되면 그 수트를 입고 있는 사람의 결점이 나타나기 쉽다. 민틋한 어깨의 사람이 입고 있는 수트 어깨가 올라와 있으면 어깨에서 연결되는 상완부에 부자연스러운 주름이 생겨서 그 수트를 입고 있는 사람의 프로포션의 결점이 드러나 보인다.

특히 바지 실루엣은 다리 길이가 그대로 나타나기 때문에 더 주의해야 한다. 윗도리는 클래식의 범위 안에서 다소 변화를 줄 수 있지만 바지는 윗도리와 달리 신체의 결점이 금방 드러나기 때문에 자연스러운 라인을 만드는 데 상당히 신경 써야 한다.

클래식 수트는 (사람의 인체에 순응하는) 과장되지 않은 자연스러움을 갖추고 있어야 한다.

바짓단 폭은 구두의 4분의 3 정도를 덮는 수준이어야 한다. 이는 인간이 수트를 처음 입게 되었을 때부터 변하지 않는 철칙이다.

클래식한 바지의 앞 주름은 좌우에 두 개씩 내는 것이 원칙이다. 바지 앞주름은 바깥쪽으로 나 있는 것과 안쪽으로 나 있는 것이 있는데 바깥쪽으로 주름이 나 있는 바지가 클래식하다.

있는 그대로의 모습보다 더 낫게 보이려고, 또는 유행에 따라서 자신의 원래 모습을 감추거나, 속이거나, 더 크게 보이려고 하거나 과장하려는 옷차림은 틀림없이 잘못된 것이다. 다른 사람의 눈을 속이려는 유행은 어차피 오래 못 가는 악취미일 뿐이다.

— 오노레 드 발자크

🖋 **저자의 어드바이스**
무엇이든 있는 그대로가 가장 좋다.

바지 포켓에 대해서

바지의 양쪽 포켓은 약간 경사지게 만들어야 한다. 포켓은 장식성과 거의 관계없이 그 시대에 적합한 실용적인 기능에 따라 모양이 바뀌어왔다. 사람이 이동하는 수단이 말에서 마차로 그리고 자동차로 바뀌고, 또한 개개인이 들고 다니는 소지품의 종류가 변하였기 때문이다. 그런데 클래식한 수트 바지는 앞주름이 양쪽에 두 개씩 있으므로 포켓은 가장 바깥쪽에 있는 세 번째 주름으로서 미적인 요소를 가지고 있다고 볼 수 있다. 따라서 직선이 아니라 경사가 있는 편이 바지의 전체적인 프로포션을 만들기 쉽다.

포켓 입구 길이는 15~18센티미터가 적당하다. 더 크거나 작으면 안 된다.

바지 뒷 포켓은 미국인들이 권총을 넣고 다니려는 실용적인 용도로 만든 것이다. 만약 권총을 일상적으로 가지고 다녀야 하는 사람이 아니라면 뒷 포켓은 없는 편이 낫다. 실루엣을 아름답게 유지하기 위해서다. 굳이 뒷 포켓을 달고자 한다면 플랩(뚜껑)이 없는 것이 있는 것보다 더 클래식하다.

이탈리아에서 만든 클래식한 수트 바지 양쪽 포켓의 바닥에는 보강용 천이 여분으로 붙어 있다. 포켓 바닥이 헤지기 쉽다는 사실을 고려한 하나의 실용적인 아이디어이기는 하지만 클래식하다고는 할 수 없다. 이는 이탈리아가 가난했을 때의 흔적이다.

단추로 잠그는 것이 클래식의 기본

바지 단추는 많으면 많을수록 클래식하다. 바지 앞트임도 원래 지퍼가 아니라 단추로 잠그는 것이 올바르다.

역사를 거슬러 올라가면 원래 남자가 몸에 걸치는 것은 속옷에서 구두에 이르기까지 단추 잠금이 기본이다. 단추 하나하나를 잠그는 행위는 전투를 앞둔 병사나 시합을 앞둔 선수들이 자신의 유니폼이나 구두를 하나하나 갖추어가는 행위, 바꿔 말하면 정신적인 준비 같은 것이다. 우스갯소리지만 남자는 여자와 달리 기개가 부족하기 때문에 항상 정신적인 고양을 위한 무언가의 의식이 필요하다.

바지에는 앞트임 단추 6개 말고도 서스펜더를 고정시키는 단추 8개가 필요하다. 소매의 버튼 홀을 생략하거나 서스펜더 대신에 벨트를 매거나, 바지 앞트임을 버튼에서 지퍼로 바꾸는 일 등은 어디까지나 현대적인 실용성을 위한 약식임을 알아야 한다.

겉으로 보아서는 결코 알 수 없는 바지의 앞트임, 꼼꼼한 수작업으로 만든 버튼 홀, 이런 것들이 클래식을 완성하는 작업들이다. 바지 앞 단추는 급할 때에 불편하기 짝이 없는 물건일 수도 있지만 신사라면 모름지기 허둥대지 말고 소란 피지 말고 의연하게 단추를 하나하나 풀어야 한다. 다급하다고 몸을 부르르 떠는 일은 부끄러운 일이다.

하디 에이미즈 경은 '수트의 역사는 단추의 역사다'라고 말하였다.

바짓단 접기

클래식 수트 바지는 연미복, 모닝, 턱시도 등의 사례에서도 볼 수 있듯이 원래 단을 접지 않았다. 그러나 현대 비즈니스 수트는 단을 접는 게 기본이다. 단을 접지 않은 바지는 우아하지 않다고 단언하는 이탈리아인도 있다.

라운지 코트가 탄생했을 무렵의 옷감 원단은 매우 무거웠기 때문에 바짓단을 접는다는 발상 자체가 없었다. 20세기 초에 영국의 어느 귀족이 뉴욕에서 있었던 결혼식에 참석하기 위해 가던 중에 비를 만나 바짓단을 접은 후로 정착했다는 역사가 있다. 남자의 옷은 대부분 단순함과 우연에서 진화했다.

라운지 코트가 탄생한 무렵과 비교하면 현대 옷감 소재는 훨씬 얇고 실도 가늘고 섬세하게 만들기 때문에 단을 접지 않으면 발밑이 불안해 보인다. 단을 접으면 중후한 느낌이 나고 구두와 균형도 잘 맞는다.

접는 폭은 수트의 스타일에 따라 달라지지만 기준은 3.5~4센티미터까지다. 이 범위를 벗어나면 대부분 밸런스가 무너진다.

바짓단을 접는 것은 옷감 소재를 고려해서 바지 자체의 밸런스를 잡기 위한 일이며 수트 스타일에 변화를 주기 위한 일이기 때문에 실용성과 관련 없는 장식적인 목적에서 생겨난 일이다. 따라서 이것은 클래식의 범주에 든다.

일본의 양복점에서는 바짓단을 안쪽에서 똑딱이 단추로 고정하기도 한다. 그런데 그렇게 하면 위에서 보면 똑딱이 단추가 반짝거리기 때문에 권장할 수 없다. 영국이나 이탈리아처럼 눈에 띄지 않는 색실로 고정하는 것이 올바른 방법이다.

바짓단 폭과 접기, 구두와의 올바른 관계.

6. 심플한 디테일

벤트

   벤트(재킷의 뒷트임)를 틀 것인지 말 것인지, 싱글로 틀 것인지 양 사이드로 틀 것인지는 별로 중요하지 않다. 개개인의 취향에 따르지 만 경향적인 면에서 보면 아메리칸 스타일은 싱글 벤트(중간 트임), 영국 스타일은 사이드 벤트(양쪽 옆 트임), 라틴 스타일은 노 벤트가 많다.

   이 중에서 가장 클래식한 스타일은 노 벤트다. 원래 남자의 클래식 수트는 모두 노 벤트였다. 턱시도와 디렉터즈 수트도 트임이 없다.

   남자 옷의 벤트는 병사들이 말에 타고 행진할 때 움직이기 쉽도록 오로지 기능적으로 고안된 것이다.

   만약 벤트를 트고자 할 때는 싱글의 경우에는 26~27센티미터, 사 이드의 경우에는 24~26센티미터 정도 트는 것이 올바르다.

노 벤트

싱글 벤트   사이드 벤트

가장 클래식한 것은 노 벤트다.

윗도리 길이

클래식한 윗도리 길이는 양손을 내려서 손가락 첫 번째 관절과 두 번째 관절 중간 부분, 두 개의 관절을 굽혀서 생기는 Y자형 지점(세 개의 선이 교차하는 지점)까지다. 굽힌 손가락으로 윗도리 기장을 감싸는 듯한 느낌으로 재는 것이 좋다. 구체적으로는 윗도리 양 사이드 포켓 상단에서 23~25센티미터 정도 내려온 길이이며 키에 상관없이 그 정도가 가장 프로포션을 돋보이게 한다.

바지 길이

바지 길이는 끈 달린 구두를 신고 복사뼈 위 1.5~2센티미터가 좋다. 단이 구두에 닿아서 약간 접혀질 정도. 대부분 사람들은 왼쪽과 오른쪽 다리의 사이즈가 다르기 때문에 두 다리를 따로 재야 한다. 수트 소매 길이도 마찬가지다. 한쪽만 재고 끝내는 재단사는 수트의 본질을 모르는 사람이거나 그리 열심히 일하는 사람이 아니다.

윗도리 플랩

클래식한 수트를 추구한다면 재킷의 포켓 플랩(뚜껑)은 없는 편이 좋다. 턱시도 포켓에는 뚜껑이 없다는 점을 상기하라. 뚜껑이 있는 수트라면 상황에 따라서 뚜껑을 안에 넣으면 된다.

단추 개수

만약 체형에 자신이 없다면 투 버튼 재킷을 입어야 한다. 투 버튼은 모든 체형을 커버하기 위해서 스리 버튼 이후에 생겨난 것이기 때문이다. 아직까지 스리 버튼이 나오고 있는 것은 투 버튼 시절이 너무 길어서 패션 업계가 잠시 스리 버튼 양복을 팔고 나서 앞으로 다시 투 버튼 시대를 열려고 획책하는 것임에 틀림없다.

일본인은 대부분 체형이 좋다고 할 수 없고 자세도 나쁘기 때문에 V존이 크게 나오는 투 버튼 수트가 훨씬 잘 어울린다. 꼭 스리 버튼을 입고 싶으면 변칙적이기는 하지만 첫 번째 버튼을 가능한 내려서 중간 버튼 하나만 채워 입는 것이 좋다.

이때 첫 번째 버튼은 반드시 풀어 놓아야 한다. 이것이 기본이다.

키 작은 사람이 첫 번째 버튼을 높은 위치에 달고 심지어 그 버튼을 채운 스타일은 최악이다. 비만하고 터질 것 같은 스리 버튼 스타일도 이상해 보인다.

완벽한 옷차림은 절대적으로 심플함 속에 있다.

— 샤를 보들레르✢

🖎 **저자의 어드바이스**
클래식 수트를 추구하고자 한다면 너무 디테일에 구애받지 않고 그저 기본을 충실하게 지키면 된다.

✢ 프랑스의 상징주의 시인.

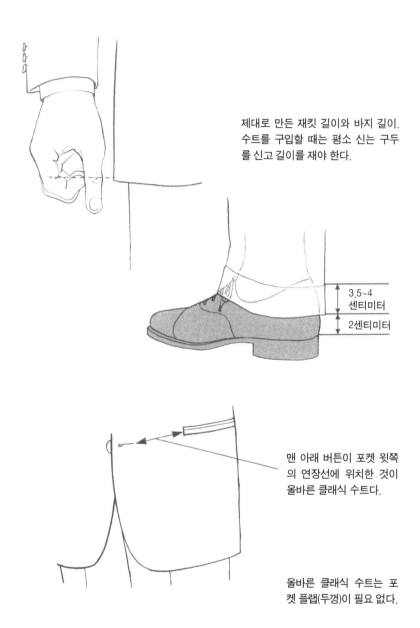

제대로 만든 재킷 길이와 바지 길이. 수트를 구입할 때는 평소 신는 구두를 신고 길이를 재야 한다.

3.5~4
센티미터

2센티미터

맨 아래 버튼이 포켓 윗쪽의 연장선에 위치한 것이 올바른 클래식 수트다.

올바른 클래식 수트는 포켓 플랩(두껑)이 필요 없다.

7. 시착 포인트

거울로 자신의 전체 모습을 파악하라

많은 사람들이 수트를 시착해 보는 일을 귀찮아한다. 시착은 자신
이 옷을 입는 모습을 바라보는 타인의 존재를 전제로 하는데, 대부
분 사람들이 타인의 시선을 감당하는 데 익숙하지 않기 때문이다.

그러나 클래식 수트의 시착은 디자이너 수트에 비해 그다지 어렵
지 않다. 이미 정해진 규칙이 있기 때문이다.

우선 매장에서 클래식 수트 코너로 가서 사이즈를 확인하고 투 버
튼 또는 스리 버튼 등을 취향에 따라 고른다.

가장 중요한 포인트는 우선 거울에 비치는 자신의 모습을 보는
것. 라펠 폭이나 재킷 길이, 벤트 여부 등은 전혀 신경 쓰지 않아도
된다. 실제로 자신에게 맞는 수트는 전체적인 분위기가 중요하지 디
테일은 크게 관계없기 때문이다. 우선 전체적인 이미지를 대략적으

로 확인하는 것이 중요하다. 어깨와 웨이스트 조임도 맞춤복이 아니라면 어차피 주문할 수 없는 부분이기 때문에 세세한 사항을 이것저것 체크해도 의미가 없다. 전체를 확인하기 전에 디테일에 시선이 가버리면 잘못된 판단을 할 수 있다.

아무리 비싼 수트라도 기성복은 가장 흔한 체형에 맞춰서 만들고 사이즈도 대부분의 사람들에게 맞게끔 최적화되어 있다. 사고 나서 수선하는 일에도 한계가 있기 때문에 맞지 않는 사람들을 위해서 많은 사이즈의 기성복이 준비되어 있는 것이다.

> 거의 모든 사람들이 잘 차려 입는다는 것을 페셔너블하게 입는 것이라고 착각합니다. 옷을 잘 입는다는 것은 우선 자신에 맞는 옷을 고르는 일입니다. 다음으로 그 옷을 몸에 맞추어서 올바르게 입는 일입니다. 그리고 마지막으로 자신의 개성을 보태는 일입니다.
>
> — 앨런 플레이셔스✛

🖎 **저자의 어드바이스**
클래식한 수트는 자신의 개성을 가장 쉽게 표현하는 도구다.

기본적으로 기성복은 기장과 윗도리 소매만 수선하는 옷이라고 생각하는 것이 좋다. 왜냐하면 컴퓨터로 계산되어 나온 기성복 세부 수치가 밀리미터 단위이기 때문에 이를 무시하고 수선하면 어딘가

✛ 남성 의류 디자이너. 저서 『앨런 플레이셔스의 정통 복장론(Alan Flasher's classic dressing)』에서 인용.

밸런스가 흐트러진다. 한 쪽을 수선하면 틀림없이 다른 한 쪽의 밸런스가 무너진다.

결코 수선하지 말아야 할 부분은 어깨와 웨이스트이며 둘 중에 어딘가 한 곳을 고치면 그 수트는 그것으로 끝이다.

수트 선택의 기준은 그 수트를 입었을 때 옷과 자신과의 전체적인 궁합뿐이다.

수트는 감각이나 감촉으로 선택하라

거울에 자기 몸 전체를 비추어 보는 것은 그 수트가 자신의 분위기에 맞는지를 보기 위한 일이다. 수트가 자신의 분위기에 잘 어울리는지를 판단하기 위해서는 가지고 있는 옷 가운데 자기가 마음에 드는 수트와 그에 맞는 셔츠, 넥타이를 입고 옷가게로 가서 윗도리를 바꿔가며 입어 봐야 한다. 입고 간 옷과 착용감이 비슷한 옷이 궁합이 좋은 수트다.

다만 윗도리를 이것저것 너무 여러 벌 갈아입다 보면 오히려 판단하기 어려워질 수 있으므로 원래 입고 갔던 윗도리를 입은 모습을 거울에 비춰 확인하고 난 다음 곧바로 새 옷을 입어 보는 것이 좋다.

두 옷이 구체적으로 어디가 어떻게 다른지는 패션에 익숙한 사람이 아니면 알 수 없겠지만 대략적인 분위기 차이는 누구든 이미지만으로 판단할 수 있을 것이다. 그 분위기 차이를 자신이 받아들일 수 있는지 아닌지가 중요하므로 역시 첫인상이 가장 중요하다. 새 옷이 눈에 익고 나면 필요 없는 세부적인 것들이 이것저것 눈에 들어오기 때문이다.

두 옷의 차이는 입고 간 옷의 잔상이 없어지기 전이라야 정확하게 비교할 수 있다. 즉 어깨와 몸통이 이전 수트의 느낌을 기억하고 있을 때라야 새 수트와의 차이가 느껴진다. 만년필을 살 때, 가지고 있는 만년필과 비교하는 것과 같은 원리다.

잘 판단이 서지 않으면 다른 날 다시 온다. 어울리지 않는다고 생각했던 수트가 다른 날 다시 보니까 의외로 어울린다든지, 거꾸로 어울린다고 생각했던 수트가 어울리지 않는다고 느끼는 경우도 있다. 이는 시선이 익숙해져서가 아니라 시간이 지나면서 생각이 달라졌기 때문이다. 수트는 머리가 아니라 감각이나 감촉을 동원해서 본능적으로 골라야 한다.

자신에게 잘 맞는 수트는 다른 날 와서 봐도 역시 어울릴 공산이 크다. 무언가 새로운 것이 눈에 들어올 때도 있겠지만 대개 그런 느낌은 양복의 기본 틀이 달라진 데서 오는 것이 아니라 미세한 디테일의 차이일 경우가 많다.

수트는 정말 필요할 때만 구입하는 게 중요하다. '금전적 여유가 생겼으니까 수트나 한 벌 장만할까' 하는 자세는 잘못된 선택을 하게 한다.

기성복 바지는 윗도리만큼 신경 쓸 필요가 없다. 허리가 잘 맞는다면 대개 그것으로 충분하다. 인간의 하반신은 살쪘는지 말랐는지의 차이만 있을 뿐이며 하반신의 체형은 상반신처럼 복잡하지 않기 때문이다.

윗도리 느낌이 가장 중요하다. 상반신은 어깨가 밋밋한가 각이 졌는가, 등이 굽었는가 아닌가, 가슴 두께가 어떠한가 등 개개인의 다양한 신체 특징과 어떻게 맞추는지가 중요하다. 만약 느낌이 맞지 않는다면 몇 번이고 시착해 볼 것을 권한다. 점원이 싫은 티를 낼 수도 있겠지만 시착은 무료이며 고객의 권리다.

고품질의 클래식 수트는 대부분 비싸지만 수트 가격은 정직하다. 비싼 수트는 그만큼 소재와 봉제에 신경을 써서 클래식하게 재단되어 있다.

수트를 살 때는 싼 옷 두 벌보다 비싼 옷 한 벌을 사는 게 낫다. 이것이 기본이다.

옷맵시를 내되 눈에 띌 정도로는 내지 말아야 해.
그래야 품위가 있지.
옷은 인격을 나타내니까.
프랑스 고관대작들과 세련된 상류사회 양반들은 그것에 아주 뛰어나지
지갑이 허락하는 한 비싸고 좋은 옷을 사 입되, 너무 요란하거나 야하지 않게 해. 왜냐하면 의복은 그 사람이 누구인지 말해 주는 거거든.

— 윌리엄 셰익스피어, 「햄릿」 제1막 제 3장 ✛

🖎 **저자의 어드바이스**
고품질 수트는 입는 사람을 더 클래식하고 품위 있게 보이게 한다.

✛ 이는 폴로니어스가 아들 레어티즈에게 한 말이다.

점원을 옆에 세우자

옷을 타인의 시선으로 바라보는 일이 중요하므로 점원에게 옆에 서 있어 달라고 하자. 자신과 점원이 함께 거울 앞에 서보는 일도 옷을 잘 고르기 위한 효과적인 방법이다.

점원은 대개 그 매장에서 판매하는 수트를 입고 있고, 그 수트의 특징을 잘 알고 있기 때문에 세련된 스타일을 하고 있을 것이다. 그래서 옷을 고를 때 점원의 차림새는 좋은 판단 기준이 된다. 또 스스로의 모습은 객관적으로 평가하기 어렵지만 수트를 입고 있는 점원의 모습은 객관적으로 바라볼 수 있기 때문에 그것을 자신의 수트 스타일과 비교하기 쉽다는 장점도 있다.

자기보다 점원에게 수트가 더 잘 어울린다고 낙담할 필요는 없다. 특정한 브랜드의 수트를 매일 입고 있으면 제복과 마찬가지로 당연히 잘 어울려 보인다. 사실 어울린다기보다는 그 수트가 그들에게 길들여졌다고 보는 게 맞다. 길들이는 일은 댄디즘과는 차원이 다른 것이지만 옷맵시를 내는 한 가지 방법이기는 하다.

거울을 볼 때는 디테일에 신경 쓰지 말고 점원의 전체 모습과 자신의 전체 모습을 비교해 보는 게 좋다. 거울 앞에 점원과 옆으로 나란히 설 수 있다면 어깨와 웨이스트 부분만 재빨리 체크해 보라.

점원이 입은 수트에 비해 자신이 입은 수트의 어깨와 웨이스트 주변이 부자연스럽게 느껴진다면 그것은 분명히 자기에게 어울리지 않는 수트다. 소매 길이, 옷 기장 등은 일체 신경 쓰지 않아도 된다. 수트에서 중요한 부분은 웨이스트 윗 부분, 더 극단적으로 말하면 가슴 윗 부분이다.

디테일에 신경 쓰면 전체 모습을 못 보게 된다. 세세한 부분의 체크는 나중에도 충분히 할 수 있다.

평소에 넣고 다니는 지갑과 필기도구 같은 것들을 상의 포켓에 모두 넣어 보는 일도 잊어서는 안 된다.

매장의 수트는 고객의 시선을 사로잡기 위해서 전시되어 있을 뿐이다. 수트는 눈으로만 보는 대상이 아니라 몸에 입는 것이다. 디스플레이 된 수트는 아무런 일상적인 기능이 없다. 그것을 일상적으로 기능하게 하려면 포켓에 여러 가지 물건을 넣어 보고 양손을 움직여 보고 걸어 보고 앉아 보고 하는 등의 동작을 해 보아야 한다.

평소 입고 다니는 수트에 비해 조금이라도 어떤 위화감이 든다면 그 수트는 피해야 한다. 실제로 포켓에 물건을 많이 넣었을 때 주름이 생긴다거나, 어떤 동작을 할 때 움직이기 불편한 수트가 있는데, 디자인이 맘에 든다고 해서 그런 옷을 사면 안 된다.

가장 중요한 포인트를 다시 한번 강조하겠다. 새 옷을 입은 거울 속 자신의 모습에 홀려서는 안 된다.

8. 수트 손질

클리닝은 신중하게

수트를 손질하는 가장 효과적인 방법은 단 하나. 구석구석 솔질하는 일이다. 계절마다 클리닝 하는 것은 어리석은 짓이다. 그보다는 수트를 입고 난 뒤에 반드시 솔질하여 먼지를 제거하는 습관을 들이는 편이 좋다.

솔은 털끝이 부드러운 대형 캐시미어용 솔이 좋다. 라펠 안쪽, 접은 바짓단 안쪽도 잊지 말고 솔질하자.

세탁소 선택은 신중하게 하자. 극세사(極細絲)를 사용한 고급 소재와 광택이 있는 소재는 일반 세탁소에 맡기면 위험하다. 고급 수트를 다뤄본 경험이 적은 세탁소는 옷을 다루는 기술, 특히 다림질기술에 믿음이 가지 않기 때문이다.

이탈리아의 일류 호텔에 수트 세탁을 맡기면 수트 브랜드를 확인한 후에 세탁소를 분류해서 맡길 곳을 고른다.

집에서 하는 다림질은 두 가지 목적이 있다. 하나는 주름을 펴기 위함이며 또 하나는 주름을 잡기 위함이다. 목적이 주름을 펴는 것이라면 분무기로 가볍게 옷에 물을 뿌려 주는 정도로 충분하다. 필요 이상으로 다림질을 하면 옷감 소재가 상한다. 만약 다림질이 꼭 필요하다면 스팀 다리미를 사용하여 눌러 주기만 한다.

다리미는 누르면서 그 자체 무게로 소재를 펴는 것이 기본이다.

얼룩 제거는 어렵다. 아무리 믿을만한 얼룩 제거제를 구해서 사용한다 하더라도 소재를 상하게 할 수 있다. 집에서 처리하려고 하지 마라. 얼룩을 묻혀 버렸으면 그 상태로 믿을 수 있는 세탁소에 가져가서 보여주고 처치를 맡기는 것이 가장 안전한 방법이다.

당신이 평소 입는 옷을 맡아 두다마요.
그리고 손질을 해 둘게요.
이 계절에 모직물을 손질하지 않은 채로
방치하는 것은 좋지 않으니까요.

— 스탕달✛, 『적과 흑』

✎ **저자의 어드바이스**
옷 손질은 솔질만으로 충분하다.

✛ 프랑스의 작가.

제 2 장

구두

Shoes

1. 제조법에 따라 다른 착용감

구두는 몸의 일부다

댄디해지려면 구두에 대해 최대의 경의를 보여야 한다. 같은 구두를 이틀 연속으로 신으면 안 된다. 일단 발을 넣었으면 3~4일은 쉬게 한다. 쉬게 할 때는 반드시 슈 키퍼(shoe keeper)를 넣어 두자. 그리고 잘 닦아두자. 이 세 가지가 구두 관리의 기본 원칙이다.

굽이 닳은 정도나, 한쪽만 닳아 있는 구두를 보면 그것을 신고 있는 사람의 성격이 그대로 나타난다.

'가죽은 살아 있는 소재라는 것을 잊지 마라. 가죽은 죽지 않고 언제까지나 신고 있는 사람과 일체가 되어 살아간다'. 살바토레 페라가모의 차남 레오나르도 페라가모는 위와 같이 말한 바 있다. 구두를 좋아하는 사람은 이 '일체'라는 말에 주목해야 한다.

구두는 생명이 있고 사람의 발을 보호하고 대지를 밟는 역할을 해 그 사람이 옷차림에 신경을 썼는지를 알려면 구두를 보면 된다.

— 조지 플레이저

왔기 때문에 예부터 유럽에서는 신체의 일부로 간주되었으며 마술적인 힘을 갖고 있다고 여겨졌다.

「빨간 구두」와 「유리 구두」이야기, 십자가 진 그리스도를 가게 앞에서 쫓아냈다는 이유로 영원히 살아야 하는 숙명에 처한 유대인 구두장이 카르타필루스의 전설에서 보듯 사람들은 구두에 사람의 힘이 미치지 않는 어떤 마술적 힘이 숨겨져 있다고 생각했다.

유럽 사람들이 일본인보다 훨씬 더 구두를 소중히 하는 이유는 그들이 잠잘 때를 제외하고는 줄곧 구두를 신고 있기 때문이다. 또한 그들이 구두가 사람 몸의 일부라는 전통적인 생각을 가지고 있다는 사실도 잊어서는 안 된다.

그들은 구두를 닦고, 슈 키퍼를 넣어서 모양을 유지하고, 습기를 제거하는 일을 마치 자신의 몸을 관리하는 일처럼 한다.

멋쟁이 남자들이 구두를 유리처럼 반짝이게 닦지 않고 둔하게 광택을 내는 이유는 자신의 연륜을 구두에 반영하려는 의도이다. 구두를 수트와 셔츠처럼 취급하면 안 된다. 구두는 남자들이 몸치장을 하는 수많은 아이템 중에서 유일하게 꼼꼼한 손질이 필요한 아이템이다. 그것은 구두가 사람 몸의 일부이기 때문이다.

신기 편하다는 것은 기본적이고 중요한 요소다. 그다음은 가죽 자체가 오랫동안 사용해온 앤틱 가구 같은 모양을 갖추고 있는 것이 중요하다.

— 루카 만텔라시✛

✎ 저자의 어드바이스
구두 손질하는 일은 몸을 관리하는 일과 같다.

가장 신기 편한 구두는 모두 수작업으로 만든다

클래식하고 품위 있으며 신기 편한 구두는 20세기 전반의 구두가 그러했듯이 모두 수작업으로 만든 것이다.

100% 수작업으로 만들어진 구두의 역사를 거슬러 올라가면 앵글로색슨(영국인의 조상), 독일과 헝가리, 이탈리아와 프랑스라는 세 가지 흐름을 만나는데, 이들 세 흐름은 각기 다른 특징을 갖추며 진화해왔다. 그중에서도 끈 달린 구두는 게르만민족의 대이동이라는 역사적 경위를 거치며 현대 구두의 표준으로 완전히 정착했다.

구두는 크게 발등 부분과 바닥 부분(안창, 밑창으로 나뉜다)으로 나뉘며, 제작 방법의 차이는 대부분 발등과 밑창의 접합 방식의 차이에서 온다.

현재 발등과 밑창의 접합을 수작업으로 하는 장인은 영국과 이탈

✛ 이탈리아 구두 브랜드 '수토 만텔라시'의 오너.

리아에 아주 소수만 남아 있을 뿐이며 대부분의 구두 제조가 기계에 의존한다.

1900년 미국의 찰스 굿이어 2세가 발등과 밑창을 기계로 접합하는 방법(기계식 굿이어 웰트 방식)을 고안한 이후 구두는 수트와 마찬가지로 기성품의 시대로 접어들었다.

2. 구두는 가능하면 비싼 것을 골라라

구두 제조 방식

현대 구두 제조 방식은 다음과 같다.

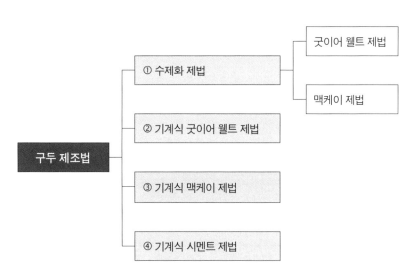

① → ② → ③ → ④ 순서는 일반적으로 다음과 같은 의미가 있다.

◆ 고가 → 저가
◆ 품을 많이 들였다 → 품이 많이 들지 않았다
◆ 무겁다 → 가볍다
◆ 신기 편하다 → 신기 불편하다

구두 제조 방법을 세부적으로 살펴보면 다음과 같다.

① 수제화 제법

약 250개의 공정이 필요한 100% 핸드 메이드이며 가장 클래식한 분위기를 자아낼 수 있는 구두 제조법을 말한다. 굿이어 웰트 방식과 맥케이 방식으로 나뉜다.

② 기계식 굿이어 웰트 제법

종래의 굿이어 웰트 제법은 구두 발등 부분과 밑창을 수작업으로 꿰매는 방식이었다. 기계식 굿이어 웰트 제법은 수작업 전통을 기계식으로 바꾸어 발등 부분과 밑창을 기계로 접합한다. 기본적으로는 수작업과 같은 방식인데 이중 밑창 꿰매기가 특징이다. 발등과 중창을 먼저 꿰매고 이것을 본창에 꿰매 붙인다(복식 꿰매기라고도 한다).

이 방식은 밑창을 몇 번이고 교환할 수 있으며 밑창 틈새 속메움이 더 많이 들어가기 때문에 발에 쉽게 길든다. 신을수록 속메움이 가라앉아서 신는 사람의 발 모양에 따라 변해가면서 점점 더 신기 편해진다.

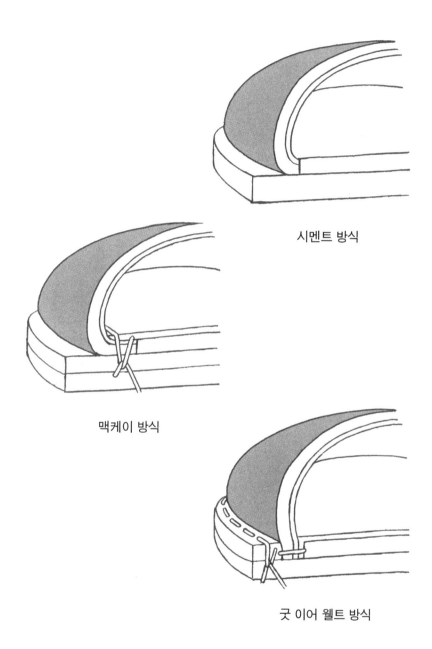

시멘트 방식

맥케이 방식

굿 이어 웰트 방식

> 진정한 의미에서 가치 있는 굿이어 웰트는 어디까지나 수작업으로 만든 것에 한한다. 그것 이외의 모든 구두는 기계로 만들어졌기 때문에 오래 가지 않는다.
>
> — 실바노 라탄지✦

꧁ 저자의 어드바이스

클래식한 가치가 있는 구두 대부분은 꼼꼼하게 수작업으로 만든다.

굿이어 웰트 방식으로 만든 구두인지 아닌지를 구별하려면 대다리(밑창 중 발바닥의 장심보다 앞쪽의 가장자리가 밖으로 나와 있는 부분)를 확인해 보면 된다. 가죽 실선이 보이면 굿이어 웰트이다. 하지만 다른 방식으로 만들었더라도 실선만 흉내 낸 것 또는 실선 대신에 실선과 비슷한 톱니 모양을 낸 것 등이 있으니 주의해야 한다.

눈으로 봐서 잘 모르겠으면 무게를 확인해 본다. 신었을 때 무겁고 묵직한 중후함, 폭이 넓은 대다리 부분, 대다리의 굵은 실선이 있어야 굿이어 웰트이다.

③ 맥케이 제법(기계식)

맥케이 제법은 발등과 중창, 본창을 한번에 기계로 꿰매는 방식이다. 이 방식은 군화를 양산하기 위해 고안되었다. 모든 부분을 한번에 꿰맸기 때문에 구두 속을 들여다보면 앞부분에 꿰맨 자국이 보인다. 이 자국이 보이면 맥케이 방식이다.

✦ 이탈리아의 전통적인 수제화 브랜드 '진타라'의 오너.

④ 시멘트 제법(기계식)

기계식 시멘트 제법은 구두를 대량으로 생산하기 위해 발등과 밑창을 접착제로 붙이는 방식이다. 따라서 클래식 스타일을 지키려면 절대로 피해야 하는 구두다. 신고 있다가 밑창이 빠지는 구두는 틀림없이 싸구려 시멘트 방식이다. 유럽 브랜드에서는 여름용 구두를 이 방식으로 만들기도 한다.

굿이어 방식이 쿵쿵하는 묵직한 소리가 나는 데 비해 시멘트 방식으로 만든 구두를 손에 들고 콘크리트를 치면 나무망치로 때리는 듯한 가벼운 소리가 난다.

3. 클래식 스타일에 맞는 구두

걷기 편한 무게는 약 400~500그램

중후한 느낌을 주는 클래식 수트를 입었다면 그에 걸맞게 중후한 분위기의 구두를 신어야 한다. 굿이어 웰트 방식으로 만든 구두가 가장 중후하다. 역사와 전통을 겸비했기 때문이다.

아무리 훌륭한 수트를 입고 있어도 발밑이 경박하면 모든 것을 망치고 만다. 군만두같이 생긴 (가장자리가 쭈글쭈글한 끈 없는 싸구려) 구두는 말할 필요도 없다. 벗어 놓은 자신의 구두가 혹시 군만두같이 보이기 시작했다면 그 구두는 즉시 버려야 한다.

공정을 제대로 거친 굿이어 웰트 방식의 구두는 무게가 400~500그램 정도 나간다. 이 무게는 사람이 바른 자세로 안정적으로 걷기에 가장 좋은 무게이며 거의 반세기 동안 변치 않은 무게다.

무거운 구두를 싫어하는 사람도 있지만 안정된 보행과 장시간 보행을 위해서는 어느 정도 무게가 있는 구두를 신어야 한다. 시멘트 방식으로 만든 가벼운 구두를 신고 장시간 콘크리트 바닥을 걸어 보면 금방 알 수 있다. 가장 가혹한 보행을 장시간 견뎌야 하는 것이 군화인데 군화의 중량은 600그램 이상이다.

무게감 있는 구두는 그 자체가 진자 역할을 하여 자연스럽게 발이 앞으로 나가게 한다. 발이 무거운 것은 구두 때문이 아니라 어디까지나 구두와 발을 더한 무게 때문이다. 발이 피곤한 원인을 구두 탓으로 돌리면 안 된다. 발과 구두의 밸런스가 맞지 않기 때문에 발이 무겁게 느껴지는 것이다.

이 둘의 밸런스가 나쁘면 쉽게 피로해진다. 가벼운 구두는 맨발에 가깝다. 그래서 쉬이 피로해지는 것이다. 피로해지면 자세도 저절로 나빠진다.

꼼꼼하게 만든 고품질의 굿이어 웰트 방식 구두는 비싸다.

본격적인 수제화 구두는 이탈리아나 영국에서도 현지 가격으로 약 10~20만 엔, 30만 엔 이상 하는 것도 있다. 완성되기까지 몇 달에서 반년 정도 걸린다. 하지만 한 번쯤 주문해 볼 가치가 충분히 있다. 발이 정말 편하다는 느낌을 확실하게 받을 수 있다. 발 전체를 보호하는 듯 딱 맞는 느낌이 들고, 오랜 시간 걸어도 발이 붓지 않는다.

10만 엔으로 이만큼 쾌적하게 걸을 수 있다고 하여 로마로 가서 120만 엔으로 12켤레를 한 번에 주문하고 그때까지 가지고 있던 구두를 전부 버린 사람도 실제로 있다. 이탈리아의 고품질 수제화를 한 다스 가지고 있으면 앞으로 30년은 구두를 살 필요 없다. 진정한 사치, 진정한 댄디즘이란 이런 것이다.

만약 정말로 맘에 드는 구두가 있다면 다스 단위로 주문한다. 댄디하게 살기 위한 조건 가운데 하나이다.

구두는 아니지만, 한참 전에 이탈리아의 어떤 총리는 색과 사이즈가 똑같은 검은 캐시미어 스웨터 50벌을 한 번에 주문한 적이 있다.

일본 내에서도 본격적인 유럽 수제화를 구할 수 있다. 이탈리아의 구두 장인들이 1년에 몇 번 일본에 와서 주로 셀렉트 샵 등을 통해서 주문을 받는다. 수선이 필요하면 이탈리아로 보낸다. 그러면 완전히 새 구두가 되어 돌아온다.

구두 가격으로 10~20만 엔이 싼 것인지 비싼 것인지는 결코 고민할 필요가 없다. 구둣값을 일반적인 물건 가격과 비교하는 것은 어리석은 일이다. 구두만은 값을 아껴서는 안 된다는 뜻이다. 유럽의 일류 호텔리어들은 반드시 고객의 구두를 본다. 고객의 정체를 파악하려면 그렇게 하는 것이 가장 간단한 방법이기 때문이다.

옷을 아무리 싼 것으로 입어도 절대 아껴서는 안 되는 분야가 있습니다.

— 캐서린 밀리네어/캐롤 트로이✦

🖎 **저자의 어드바이스**
수트에 돈을 쓰기 전에 구두에 돈을 들여야 한다.

✦ 저널리스트. 『칩 시크(cheap chic)』의 저자.

구두 사기 전에 해야 할 일

클래식 구두는 수트와 달리 트렌드가 없다. 영국에서는 사회인이 되면 수트보다 먼저 클래식하고 비싼 구두를 구입한다. 그들은 몸치장에서 구두가 얼마나 중요한 역할을 하는지 잘 알고 있다.

가장 돈을 많이 들여야 하는 아이템이 구두다. 발은 사이즈가 변하지 않기 때문이다. 우선 좋은 구두를 마련해서 발밑을 다잡아라. 가죽은 오래되면 오래될수록 발에 길든다. 닦을수록 진가가 나온다. 클래식하고 중후한 구두란 그런 구두를 말한다.

현재 시중에서 쉽게 살 수 있는 클래식 구두는 기계식 굿이어 웰트 방식으로 만들어진 제품이다. 기계식으로 만든 구두 중에서도 클래식하고 품위 있는 구두는 얼마든지 있다. 가격 기준은 최저 6~7만 엔. 그중에서 영국과 이탈리아 제품이 최고다.

굿이어 웰트 방식 구두는 가격이 곧 품질을 반영한다. 좋은 구두는 여러 번 수선하고 닦으면서 자신의 연륜과 함께 하는 물건이다. 이것이 클래식 스타일로 자신을 표현하는 하나의 방식이다.

굿이어 웰트 방식의 구두를 살 때는 약간 빡빡한 것을 선택하는 것이 좋다. 사람 피부와 소가죽은 궁합이 좋다. 처음에는 좀 끼는 듯이 느껴져도 좋은 가죽은 어느 사이엔가 피부와 타협하게 된다. 큰 신발을 발에 맞추기는 어렵다. 슈 키퍼도 발에 구두를 길들이게 하는 보조 수단이 될 수 있다.

점원이 다른 사이즈의 구두를 계속 보여주는 구둣가게는 신뢰할 수 있다. 고급 기성화에는 일반적인 사이즈 외에도 와이드 사이즈가 있으며 세로(발가락 끝에서 뒤꿈치)와 가로(폭)로 발에 맞게 조정한다.

굿이어 웰트 방식은 아니지만 인기 브랜드인 페라가모를 예로 들어 보자. 만약 사이즈가 6과1/2(식스 하프라고 한다. 약 25센티미터)이며 발볼이 좁은 사람이라면 E(싱글 E), 발볼이 약간 넓은 사람은 EE(더블 E)를 선택할 수 있다. 트리플 E도 있다. 발에 맞지 않을 경우에는 가로, 세로 사이즈를 조절해 본다.

왼쪽, 오른쪽 다 신고 걸어 보는 것도 중요하다. 새 상품을 신고 고객이 걸어 보는 것을 꺼리거나 또는 걸어 볼 수 있는 공간이 없는 구둣가게는 엉터리다. 구두는 신고 걸어 보지 않고서는 도저히 착용감을 알 수 없다. 이를 위한 공간을 확보해 주는 것은 구둣가게의 의무다.

한쪽만 신겨 놓고 아는 척하는 구둣가게 역시 말할 필요가 없다. 사람의 발은 좌우 사이즈가 다르다. 양쪽 발 사이즈가 다를 경우에는 큰 쪽 사이즈를 선택해야 한다.

구두끈을 꽉 조이지 않는 구둣가게도 구두의 본질을 모르는 구둣가게다. 끈 달린 구두는 가능한 꽉 조이는 것이 철칙이기 때문이다. 꽉 조인 끈이 발등에 느껴질 정도로 조여야 한다. 이탈리아의 구둣가게에서는 고객이 사이즈를 확인하기 위해 신으면 구두끈을 발등이 아플 정도로 꽉 조인다. 사이즈를 확인하기 위한 의미도 있지만 구두끈을 조이지 않으면 진정한 착용감을 알 수 없기 때문이다. 이것은 구두를 되도록 인체의 일부로 느끼게 하기 위해서다. 끈을 조이면 조일수록 걷고 난 후의 피로감이 줄어든다.

구두는 오후 5시 이후에 구입해야 한다. 발이 한껏 부어 있는 시간대이기 때문이다. 영국의 양심적인 구둣가게는 낮 시간대에 가면 저녁때 와서 다시 신어 보라고 조언한다. 이것은 구둣가게의 의무다.

새 구두를 사면 전용 슈 키퍼도 동시에 구입한다. 그리고 신기 전에 반드시 닦아서 구두에 유분을 발라 준다. 발등 부분뿐만 아니라 '바닥까지' 닦는다. 이것이 기본이다.

클래식 스타일에는 끈 달린 구두를 신어라

클래식 수트 스타일에는 끈 달린 구두를 선택해야 한다. 캐주얼한 가죽 점퍼에 끈 달린 구두는 안 어울리는 것과 같은 원리다.

옷차림과 구두의 콤비네이션이 의미하는 바는 역사를 거슬러 올라가 보면 알 수 있다.

구두는 옷 스타일과 함께 진화해왔다. 망토와 케이프를 입던 시대에는 가죽 샌들을 많이 신었고, 타이츠풍의 화려한 팬츠 시대에는 굽 낮은 심플한 신발, 무릎 길이의 짧은 바지 시대에는 굽이 높은 신발이 유행했다.

신발과 옷이 진화하는 데는 항상 일정한 규칙이 있었다. 옷에 어울리는 신발을 신어야 한다는 규칙 말이다. 쉽게 얘기하자면 옷이 가벼운 분위기면 신발도 가벼운 느낌이어야 한다. 옷이 클래식하면 아래(신발)도 같은 분위기라야 한다. 그러려면 끈 달린 구두를 신어야 한다.

신발을 고르는 가장 중요한 전제는 옷과 어울려야 한다는 사실이다. 이것이 올바른 옷차림 문화다.

영국에서 수트의 원형이 탄생했을 즈음 신사의 신발은 단추가 6~8개 달린 하프 부츠가 주류였다. 클래식한 스타일에 어울리는 무

옷은 싸게 때우더라도 구두만은 돈을 들여야 한다.

거운 느낌의 신발 말이다. 메이지 시대에 이것이 일본에 들어왔을 때, '신사용 단추화'라고 불렀다. 단추는 제1장에 썼듯이 옷의 역사에 속한다. 그래서 구두에도 단추가 달렸었다.

단추가 달린 부츠가 끈이 달린 신발로 변화해서 현재의 끈 구두로 진화했다. 끈으로 바뀐 이유는 끈이 단추보다 더 확실하게 발을 잡아주고 발이 구두 안에서 겉놀지 않으며, 스타일을 잡아주는 데 가장 적합하기 때문이다.

일본인이 수트 스타일에 슬립 온 슈즈(신기 쉬운 끈 없는 구두 − 옮긴이)를 신게 된 시기는 제2차 세계대전이 끝나고부터다. 미국 문화의 하나로서 로퍼(끈 없는 단화의 일종)가 일본에 상륙하고 난 후에 디자인에 포인트를 맞춘 유럽 디자이너 라이선스의 슬립 온이 등장하고, 그것이 어느새 수트 스타일로 정착해 버렸다.

로퍼는 1940년대에 미국에서 탄생했다. 원래 이 신발의 원형은 노르웨이의 실내화인데 로퍼라는 이름에는 '게으름뱅이'라는 의미가 있다. '게으름뱅이'적인 속성은 클래식 스타일과는 거리가 멀다. 클래식 스타일이란 얼핏 보면 심플하지만 사실은 심오하고 복잡한 스타일로서 겉모습뿐만 아니라 정신도 함께 깃들어 있어야 한다. 로퍼에 어울리는 상의는 감색 블레이저와 트위드 재킷 정도다.

미국인은 아이비 스타일 옷에 신는 신발로서 로퍼를 코디네이트한다. 아이비 스타일은 클래식 스타일과 달리 중후함이 부족하다. 따라서 로퍼와 어울린다. 그러나 유럽화한 뉴 아메리칸 스타일에는 끈 달린 구두가 어울린다. 뉴 아메리칸 스타일은 클래식한 분위기를 갖추고 있기 때문이다.

일본에서 끈 없는 구두가 정착한 이유는 신발을 신고 벗는 횟수가 많은 좌식 문화이기 때문이다. 그래도 클래식 수트 차림을 했다면 로퍼는 결코 신어서는 안 된다.

발밑의 존재감은 올바른 복장을 갖추는 데 중요한 요소다. '나는 구두다'라는 존재감을 보이는 구두가 올바른 구두다.

구두가 응당히 받아야 할 존경의 마음을 품고 구두를 소중히 다룬다면, 당신은 그 구두를 평생 신을 수 있게 된다.
— 허디 에이미즈 경

✍ 저자의 어드바이스
한 켤레 10만 엔. 어떠세요. 후회하지 않으시리라 보장합니다.

4. 클래식한 스타일에 어울리는 끈 달린 구두

가장 클래식한 구두는 스트레이트 팁

클래식 수트에 코디네이트 할 수 있는 대표적인 끈 달린 구두는 다음과 같다.

① 스트레이트 팁
② 플레인 캡 토
③ 플레인 토
④ 윙 팁

① → ④는 포멀한 순위이다. 넷 중에서 ①이 가장 포멀하다.
따라서 울 수트에는 위쪽 구두, 플라노와 트위드 수트에는 아래쪽 구두가 어울린다.

스트레이트 팁

플레인 캡 토

플레인 토

윙 팁

이 밖에도 구두를 칭하는 여러 가지 명칭이 있지만 일반인은 이 네 종류만 알아도 충분하다. 구두 산업을 비롯한 많은 소비자 상품 분야에서 제품명은 대개 브랜드와 메이커에게만 이윤을 가져다주고 고객에게는 낭비를 부추기기 위한 자극에 지나지 않기 때문이다.

앞에서 이야기한 네 가지 명칭은 외래어라서 처음엔 좀 어려울 수도 있지만 중요한 차이는 발등에서 발가락 부분에 걸친 세공의 차이뿐이다. 구두 자체의 원형은 같다. 구두를 선택할 때는 앞에서도 말했지만 스타일보다도 제조 방식에 주목해야 한다. 발끝이 둥근지, 각졌는지도 별로 신경 쓸 필요 없다. 자신에게 어울리는 것, 맞는 것을 선택하면 된다.

자신에게 잘 맞는 구두를 선택하려면 구둣가게에서 될 수 있으면 많은 구두를 신어 보는 게 좋다. 어떻게 하면 비싼 구두를 사게 할까 하는 것이 구둣가게의 지혜라면 진정한 가치를 알고 자신의 발에 딱 맞는 구두를 선택하는 것은 고객의 지혜다.

아래에서는 앞서 이야기한 끈 달린 구두의 네 가지 스타일에 대해 조금 더 자세히 알아보자.

① 스트레이트 팁 스타일

발등 부분에 가로 장식이 있는 구두로서 가장 클래식하고 포멀하다. 검은 스트레이트 팁 구두에 짙은 감색이나 차콜 그레이의 클래식 수트, 흰 셔츠, 감색의 작은 물방울무늬 넥타이를 코디네이트 하면 전세계 어떤 파티에서도 통용된다.

② 플레인 캡 토 스타일

가로 장식 안에 작은 원형 모양 무늬가 들어가 있는 구두. 이 구두도 클래식한 수트에 잘 어울린다. 같은 스타일로서 발등 부분에 구멍이 있는 것도 있지만 이것은 포멀함이 조금 덜하다.

③ 플레인 토 스타일

발등과 발가락 부분에 아무 장식도 없는 심플한 스타일. 남자 구두의 기본이며 너무 심플해서 소박한 인상을 준다.

④ 윙 팁 스타일

발등 부분에 구멍 장식이 많이 있는 구두로서 구멍은 원래 배수 용도였다. 골프화에 이런 스타일이 채용된 것도 이와 같은 이유에서다. 끈 달린 구두 중에서는 약간 스포티한 인상을 주는 스타일이다.

영국과 이탈리아의 윙 팁 구멍 장식 숫자는 약 150개며 미국의 윙 팁은 장식이 더 많다. 미국인은 전반적으로 눈에 띄는 것을 좋아한다. 일본인도 마찬가지다.

덧붙이자면 윙 팁은 FBI가 좋아하는 구두이며 소설에도 자주 등장한다. FBI는 대부분 스리피스와 윙 팁으로 코디네이트 한다. 원래는 어울리지 않는 조합이지만 그들은 이 스타일이 그렇게 좋은가 보다.

유럽 사람들이 만든 윙 팁 구멍 장식은 각 나라 옛 귀족의 문장이나 깃발을 모티브로 한 것이 많고 미국 디자인은 자유분방하다.

윙 팁의 구멍 크기가 가장 큰 나라는 헝가리, 두 번째가 영국, 세 번째가 이탈리아다.

끈 없는 구두의 유일한 예외는 몽크 스트랩 스타일

클래식한 스타일에서 끈 없는 구두로 코디네이트 할 수 있는 유일한 예외는 몽크 스트랩 스타일이다.

몽크(monk)는 수도승이라는 뜻인데 이 구두는 그들이 신었던 신발을 힌트로 삼아 고안되었다. 발등 부분에 굵은 벨트와 그것을 가로로 잠그는 버클이 달려 있다.

런던의 비즈니스맨들이 가끔 클래식 수트 스타일에 이런 구두를 신기도 한다.

〈싱글 몽크 스트랩〉
이 외에도 벨트가 두 개 달린 더블 몽크 스트랩도 있다.

구두 색은 갈색과 검은색이 기본

클래식 스타일에는 검은색과 짙은 브라운색이 잘 어울린다. 대체적으로 게르만계 사람들은 검은색을 선호하고 라틴계 사람들은 브라운색을 선호한다. 허디 에이미즈 경은 브라운색 구두에 대해서 다음과 같이 말하고 있다.

'앤틱 가구처럼 아름다운 고색(古色)'

이것은 클래식 스타일의 기조가 '수수한 화려함'에 있기 때문이다.

> 남자로서 자신을 치장하고 싶은 사람은 모름지기 하나의 미적 식견을 갖고 치장해야 한다. 유행을 쫓는 것은 어리석음의 극치다.
> — 마사오카 시키 『병상육척(病床六尺)』

🖋 저자의 어드바이스

클래식 수트에 어울리는 구두 색은 검정과 갈색 두 가지다. 그것이 미적 식견이다.

유럽 사람들은 추운 계절에는 짙은 갈색, 더운 계절에는 약간 밝은 갈색을 선택한다. 이탈리아에는 겉모습은 같지만 중창 제조법의 차이에 따라 여름용과 겨울용 구두를 구별하는 브랜드도 있다.

클래식 구두의 외관은 기본적으로 계절과는 상관없다. 영국과 이탈리아, 프랑스의 클래식 구두를 취급하는 가게의 디스플레이를 보면 여름에는 색조가 약간 엷어지기는 하지만 일본 구둣가게처럼 리조트에서나 신을 법한 끈 없는 구두를 죽 늘어놓는 경우는 없다. 클래식 수트의 색이 거의 감색이나 그레이 계통이기 때문이다.

구두는 수트보다 진한 색으로 신어야 한다. 발밑을 가다듬기 위해서다. 검은 구두는 어디에도 어울리지만 클래식 수트와 맞추면 너무 정통적인 느낌이 나서 때로는 고지식한 인상을 줄 수 있다. 감색 수트를 입을 때는 진한 갈색 구두를 선택하는 것이 좋다.

5. 구두끈에 대한 고찰

끈 매는 방식은 '패럴렐'과 '싱글'

클래식 구두의 끈 구멍은 보통 5개지만 유럽의 수제화 메이커는 고객이 희망한다면 6~7개의 구멍을 내주기도 한다 이것은 1950년대의 전형적인 클래식 구두 제작 방식이 남긴 흔적이다. 끈 구멍을 내는 일은 어려운 작업인데 구멍이 많을수록 끈을 힘껏 조여 맬 수 있다.

끈 구멍이 5개이면 끈 길이는 80센티미터가 채 안 되는 정도가 적당하다. 이 정도 길이면 여유가 있어서 꽤 힘껏 조여 맬 수 있다. 구멍을 다 지난 다음 남은 끈 길이는 약 20센티미터 정도씩이면 매기에 가장 좋은 여유 있는 길이다.

끈이 너무 길면 매고 나서 바짓단에 감기거나 다른 발로 끈을 밟을 우려가 있다. 너무 가는 끈, 딱딱한 끈은 언급할 필요도 없다. 꽉 조여 맬 수 없기 때문이다.

〈패럴렐 매듭 방식〉

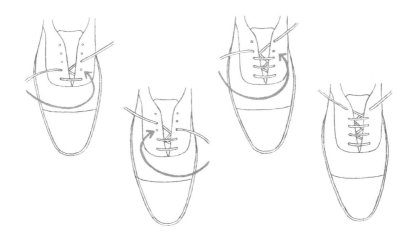

〈싱글 매듭 방식〉

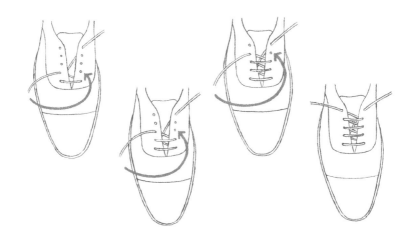

끈을 구멍에 통과시키는 전통적인 방식은 '패럴렐'과 '싱글'인데 패럴렐 방식이 더 클래식하다. 다른 매듭 방식은 스니커와 트레킹 슈즈용이라 클래식 스타일에는 어울리지 않는다.

패럴렐 매듭으로 구두끈을 매는 방식을 자세히 설명하면 다음과 같다(끈 구멍이 5개일 경우, 앞 페이지 그림 참조).

① 끈을 구두코에서 가장 가까운 구멍에 바깥쪽으로부터 넣어서 양쪽 구멍을 통과시켜서 양쪽 끈 길이가 같도록 만든다.

② 끈의 한쪽 끝을 맞은편 세 번째 구멍 안쪽으로 넣는다. 다른 한쪽 끈은 맞은편 두 번째 구멍에 안쪽으로 넣어서 통과시킨다.

③ 그 끈을 반대편 두 번째 구멍의 바깥쪽으로 넣어서 그것을 다시 반대편 네 번째 구멍의 안쪽으로 통과시킨다.

④ ②의 작업에서 세 번째 구멍으로 통과시킨 끈을 맞은편 세 번째 구멍 안쪽으로 통과시키고 나서 그 끈을 다시 반대편 다섯 번째 구멍 안쪽으로 통과시킨다.

⑤ ③의 작업에서 네 번째 구멍으로 통과시킨 끈을 맞은편 네 번째 구멍 안쪽으로 통과시키고 나서 그 끈을 다시 반대편 다섯 번째 구멍 안쪽으로 통과시킨다.

구두를 신을 때는 보통 구두 끝에서 네 번째와 다섯 번째, 즉 발을 넣는 쪽 끈을 푼다. 이때 패럴렐 매듭을 해 두면 절대로 한쪽 끈만 길어지거나 짧아지는 경우가 생기지 않으며 다시 묶기도 편하다. 이것이 패럴렐 방식의 장점인데 영국이나 이탈리아의 수제화 등 전통적인 구두 메이커는 거의 이 매듭을 한다.

싱글 매듭으로 구두끈을 매는 방식은 다음과 같다(끈 구멍은 다섯 개, 앞 페이지 그림 참조).

① 끈을 구두코에서 가장 가까운 구멍에 바깥쪽으로부터 넣어서 양쪽 구멍을 통과시켜서 양쪽 끈 길이가 같도록 만든다.
② 한쪽 끈의 끝을 반대편 다섯 번째 구멍의 안쪽으로 넣어서 통과시킨다.
③ 다른 한쪽 끈 끝은 맞은편 두 번째 구멍 안쪽으로 넣고, 그것을 빼내서 맞은 편 세 번째 구멍 바깥쪽으로 넣어서 다시 빼낸 다음, 다시 맞은편 세 번째 구멍 안쪽으로 넣어 빼낸다. 그것을 반대편 세 번째 구멍에 바깥쪽으로, 다시 반대쪽 네 번째 구멍 안쪽으로, 맞은편 네 번째 구멍 바깥쪽으로 넣어 빼낸 다음, 그것을 마지막 다섯 번째 구멍 안쪽으로 넣어 통과시킨다.

싱글 매듭도 클래식한 스타일이다. 매는 법이 간단한 것이 장점이지만 끈을 풀고 다시 신을 때에 한쪽 끈만 길어져서 그때마다 끈 길이를 조정해야 하는 단점이 있다.

구두끈 매는 법이 클래식 스타일인지 아닌지를 판별하려면 구두끈 길이가 얼마나 여유가 있는지, 어떤 방식의 매듭인지 보면 된다.

이탈리아 멋쟁이들은 다른 사람이 클래식 스타일 매듭을 하고 있으면 테이블 밑까지 엿보며 디테일이 정통적인지 확인하기도 한다.

구둣가게는 고객을 위해 패럴렐로 매듭지은 클래식한 구두를 많이 디스플레이 해 두어야 하며 비싼 구두를 산 사람에게는 적어도 패럴렐과 싱글 매듭을 가르쳐야 한다.

구두끈이 준비 안 된 구둣가게는 신뢰할 수 없는 가게다. 또 남자 구두 색깔에 맞추어서 갈색 중에서도 여러 가지 계통의 끈을 준비해 놓지 않은 구둣가게도 믿어서는 안 된다.

구두끈은 구두 살 때 미리 여유 있게 구입해 두는 게 좋다. 끈의 실밥이 풀리거나 볼품없어지면 망설이지 말고 교체하라. 이때 끈만 새것처럼 보이면 안 된다. 물에 담그거나 구두약을 발라서 세월이 흐른 것 같이 보이게 해야 한다.

댄디즘이란 타인을 놀라게 하는 쾌감인 동시에 나는 결코 놀라지 않겠다는 오만한 만족감이다.

— 샤를 보들레르

✑ 저자의 어드바이스
그저 구두끈일 뿐인데도 제대로 잘 묶을 수 있게 됐을 때는 쾌감마저 느끼게 된다.

6. 구두 손질

결코 비를 두려워 마라

클래식한 정통성을 이어받은 구두는 발등 가죽은 영국 소, 밑창 가죽은 스위스 또는 독일 소, 라이닝(안쪽) 가죽은 이탈리아 소가죽으로 만든다. 부드러운 표면 가죽, 튼튼한 밑창 가죽, 잘 무두질 된 라이닝용 가죽, 나라에 따라 가죽 질이 다른 소를 적절히 조합한 것이 가장 질이 좋은데 이러한 구두는 이탈리아에서 약 15~20만 엔 정도 한다.

이 정도 수준의 구두라면 아무리 비에 푹 젖어도 별문제가 없다. 비에 젖더라도 그늘에서 건조시키면 금방 원래대로 돌아오기 때문이다. 고품질 가죽은 원래 기름기가 충분히 있어서 물기에 강하다.

비에 젖는 것이 싫어서 비 올 때 신는 구두를 따로 준비해 두는 사람들이 있는데 이는 댄디즘과는 거리가 먼 생각이다. 구두는 날씨에 따라 정해지는 것이 아니라 수트 스타일에 따라 정해진다. 남자의 아름다운 구두를 만들려면 세 가지 요소가 필요하다. 먼저 장인의 기술, 두 번째로 세련된 센스, 마지막으로 그 나라가 전통적으로 길러서 무두질한 소가죽이다.

— 실바노 라탄지

✎ **저자의 어드바이스**
아름다운 구두는 시간이 지날수록 더 아름다워진다. 그러려면 올바른 손질이 필요하다.

옷차림 중에서 날씨에 따라 정해지는 것은 코트 종류뿐이다.

갈색은 얼룩이 진다는 이유로 비가 올 때는 검은 구두를 신는 사람은 구두와 가죽의 본질을 모르는 사람이다. 얼룩은 손질이 잘 안돼서 생기는 현상이다. 검정이라도 눈에 잘 띄지 않는 얼룩은 생긴다. 얼룩이 생기지 않게 하려면 손질을 하면 된다. 간단한 수고만 하면 된다.

"고품질의 좋은 가죽이니까 비 올 때는 신지 마세요"라고 말하는 구둣가게는 무책임하다. 비 올 때 신을 수 없는 구두를 구둣가게에서 판다는 사실 자체가 더 큰 문제다. 따라서 이런 말은 삼가고, 비에 젖었을 경우의 적절한 조치 방법을 알려 줘야 한다. 비를 구실 삼는 구둣가게는 고객의 클레임에만 신경 쓰고 있을 뿐이다.

구두를 손질할 때 구두를 구두라고 생각해서는 안 된다. 무두질해서 가공한 가죽 그 자체라고 생각해야 한다. 단지 구두의 모습을 한 고품질의 가죽이라고 생각하고 그 가죽을 보호하려면 어떻게 해야 할지를 생각하는 것이 좋다.

비가 안 와도 물에 젖은 길이나 물웅덩이는 있다. 그리고 구두는 인간의 수분을 온종일 흡수한다. 구두 바닥까지 기름칠해 주어야 하는 이유다. 축구공을 구석구석 잘 닦는 것과 같은 원리다.

소량의 물기는 살아 있는 가죽에는 결코 마이너스가 아니다. 닦을 때 물기를 조금 넣는 이유는 크림이 잘 스며들도록 하려는 이유도 있지만 살아 있는 가죽에 수분을 준다는 의미도 있다.

영국에는 구두에 침을 뱉으며 닦는 '스핏 앤 폴리시(spit and polish)'라는 전통적인 방법이 남아 있다. 영국의 거리를 걷다 보면 양손에 침을 뱉고 그 양손으로 구두를 문지르고 있는 신사를 마주칠 때가 있다. 수분은 원래 구두에 필요한 것이다. 수분을 구두의 적이라고 단정하는 것은 편견이다.

> 구두 표면에 소량의 침을 뱉어서 왁스를 바른다. 만약 침이 잘 안 나오거나 교양이 너무 높은 사람은 물이나 술을 대용품으로 써도 좋다.
>
> — 폴 키어스✣

🖎 **저자의 어드바이스**
외출하고 나서 보니 구두에 광이 안 난다는 사실을 알았을 때는 다른 사람들이 알아채지 못하도록 손바닥에 살짝 침을 묻혀서 닦는다.

✣ 영국의 패션 코디네이더. 『영국 신사는 멋쟁이다(A Gentleman's Wardrobe: Classic Clothes and the Modern Man)』의 저자.

가죽 손질은 미리미리

일주일에 최소 한 번 정도는 크림을 조금 구두에 바르는 수고를 마다하지 않아야 한다. 크림은 살아 있는 가죽이 필요 이상의 물기나 오염에 노출되었을 때 저항력을 키운다.

구체적으로 말하면 구두를 구입한 직후부터 일주일에 한 번씩 반년간 하면 된다. 스물 몇 번 정도 수고해서 구두 손질을 하면 그 구두에는 기름기가 충분히 스며든다. 그 후 반년간은 (자주 손질하면 가장 좋겠지만) 2주일에 한 번으로 충분하다.

구입한 직후에 바로 손질하는 일은 매우 중요하다. 낡아진 다음에 손질하기 시작해서는 의미가 없다. 여성의 민감한 피부와 마찬가지로 가죽 손질은 이른 시기부터 꼼꼼하게 하는 것이 기본이다.

구두에 광택을 내려고 하면 안 된다. 구두 크림을 너무 많이 발라야 되기 때문이다. 크림을 너무 많이 바르면 얼룩이 지기 쉽다. 전문가가 아닌 일반인이 구두에 크림을 너무 많이 발라서 생긴 얼룩을 제거하는 것은 쉬운 일이 아니다.

광택 내는 일과 가죽에 기름기를 스며들게 하는 일은 별개다. 구두에 기름기를 스며들게 하는 작업을 꾸준히 하면 둔중한 광택이 절로 난다. 꼭 광택을 내고 싶다면 전문가에게 맡기는 편이 낫다. 그들은 구두는 상하지 않게 하면서 광택은 내는 방법을 잘 알고 있다.

그런데 자주 있는 일은 아니지만, 전문 직업인들이 쓰는 크림과 일반인들이 일상적으로 쓰는 크림의 종류가 다를 경우에 가죽에 얼룩이 생기는 경우도 있다. 구두 닦는 일을 직업으로 하는 사람의 역할은 고객의 구두를 광택 내는 것이지 손질하는 것이 아니기 때문에 그분들을 무조건 신뢰해서는 안 된다. 고품질 구두는 자기 스스로 닦아야 한다.

> 구두는 많이 가지고 있어야 합니다. 구두는 쉴 시간이 필요하기 때문입니다. 발등과 밑창에도 충분히 기름기를 묻혀 줍니다. 30분 정도면 구두는 기름기를 흡수합니다. 천으로 문지를 때는 어느 정도 수분을 주면 좋습니다.
>
> — 루카 만텔라시

🖋 **저자의 어드바이스**
30분만 수고하면 구두가 깜짝 놀랄 정도로 되살아난다. 일주일에 한 번, 30분만 수고하면 된다.

연륜을 느끼게 하는 구두 손질 방법

구둣가게에서 구두 손질에 필요한 제품을 구입할 때 얼룩 제거제, 방수 크림, 광택 크림 등을 잔뜩 떠넘기려고 하거나 각종 구둣솔을 강매하려는 가게도 있다.

구두 손질을 하는 데는 그렇게 많은 물품이 필요하지 않다. 구두 손질은 꾸준함이 중요하다. 꾸준하게 손질하려면 단순하고 편하게 사용할 수 있는 물건만 있으면 된다. 단순하면 꾸준히 하기 쉽다. 단순함과 꾸준함이 중요하다. 인생도 마찬가지다.

가장 좋은 것은 수제화나 고급 기성화에 같이 따라 오는 키트에 있는 크림이며 10만 엔 이상의 구두에는 전용 슈 키퍼와 구둣솔도

들어 있을 것이다. 혹시 그것들이 안 들어 있다면 구둣가게에 항의해야 한다.

쉽게 구할 수 있고 또 믿을 수 있는 크림은 영국 왕실에서도 사용하고 있는 멜토니언 슈 크림(Meltonian Shoe Cream)이다. 광택제도 얼룩 제거제도 필요 없다. 이거 하나로 충분하다.

그 밖에 갖추어야 할 물건은 구둣솔뿐이다. 직경 15센티 이상, 손잡이가 부드럽게 휘어 있는 직사각형 모양이 쓰기 편하다. 타원형은 쓰기 힘들다. 돼지털로 만든 것이 좋다.

이 밖에 다 쓴 칫솔 3개와 낡은 흰 티셔츠, 나일론 스타킹이 있으면 충분하다.

낡은 티셔츠를 적당히 찢어서 구두 전체를 골고루 가볍게 문지른다. 티셔츠에 묻어 있는 전에 사용한 크림 농도를 보고 새로 필요한 만큼의 크림을 바른다. 전혀 묻어 있지 않을 때는 많이 바르고, 약간 색이 묻어 있을 때는 적게 바른다.

첫 번째 칫솔로 대다리(구두 가장자리) 부분의 오염물질을 제거한다. 클래식한 굿이어 웰트 방식의 구두는 대다리의 가죽 실 부분에 오염물질이 묻기 쉬워서 이 작업은 중요하다. 칫솔로 쓱쓱 문지르기만 하면 되므로 한쪽 구두를 손질하는 데 30초면 충분하다.

다음으로 티셔츠 천을 손가락 끝에 단단히 감고 크림을 약간 묻힌 다음, 손가락 끝에 물을 살짝 적시고 발등 부분에 크림을 가볍게 펴 바른다. 같은 방식으로 구두 옆 부분도 바른다. 발등, 좌, 우(발꿈치 부분은 옆을 바를 때 같이 바르면 된다) 다 합쳐서 3회니까 한쪽 구두를 손질하는 데 몇 분이면 된다. 필요한 크림 양은 겨우 몇 그램 정도다. 절대 많이 바르면 안 된다.

천을 바꿔서 전체적으로 한 번 더 크림을 바른다.

다음으로 두 번째 칫솔에 가볍게 크림을 묻혀서 대다리 부분에 스며들게 한다. 이때 크림의 양이 많으면 대다리보다 윗부분에 필요 없는 크림이 묻어서 얼룩이 지기 쉽다.

마지막으로 밑바닥에 크림을 바른다. 티셔츠 천으로 밑바닥을 닦아낸 다음, 세 번째 칫솔에 약간 많은 양의 크림을 묻혀서 바닥 전체에 펴 바른다. 바닥의 경우에는 지금 당장 신을 때 말고는 닦아내지 말고 발라 두기만 하면 된다.

익숙한 사람이라면 검은 크림에는 으깬 자두를 약간 섞고, 갈색 크림에는 커피 찌꺼기를 약간 섞는 방법도 있다. 잘 섞이면 멋지고 차분한 광택이 난다.

나는 구두에 온갖 열정을 다 바칩니다. 구두가 가장 중요하며 어떤 구두를 신느냐에 맞춰 옷을 정합니다.

— 로드리고 바르베라

✎ **저자의 어드바이스**
남자의 차림새 중에서 가장 큰 열정을 바쳐야 하는 부분은 구두, 그리고 구두 손질이다.

〈구두 손질〉

① 가볍게 문지른다.

④ 바닥에도 반드시 바른다.

② 대다리 부분은 꼼꼼하게 닦는다.

⑤ 빠지는 곳 없이 솔질한다.

③ 크림은 약간만 바른다.

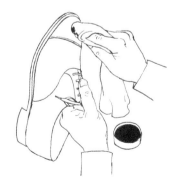

⑥ 스타킹으로 닦아 마무리한다.

구두 손질할 때는 서두르지 말 것

여기까지 작업을 마쳤으면 크림이 구두 전체에 스며드는 이미지를 상상하면서 커피 또는 캔맥주를 천천히 마시자. 스포츠 중계를 봐도 좋고 신문 사회면을 훑어보는 것도 좋다. 기다리는 시간은 아무리 길어도 30분 정도이므로 다른 일에 너무 열중하면 다음 과정에 들어갈 타이밍을 놓쳐 버린다.

가죽을 되살리려는 목적이라면 크림을 구두에 바르는 작업보다 크림이 살아 있는 가죽 모공에 서서히 침투하는 시간, 아무것도 하지 않고 가만히 있어야 하는 이 30분이라는 시간이 가장 중요하다.

프로 구두닦이들은 이 시간을 기다리지 못하기 때문에 오염 제거라든지 광택 내기 같은 작업에 공을 들인다. 그렇게 하면 결과적으로 구두가 반짝반짝 빛나기는 하지만 크림이 스며들 시간이 부족해서 가죽의 모공이 오염물질에 막히기 쉽다. 크림이나 오염 제거제의 기름기 자체가 가죽의 모공을 막기도 한다.

자. 맥주를 다 마셨으면 천천히 캔을 찌부러뜨리고 분리수거용 쓰레기봉투에 넣는다. 이 모든 행동을 천천히 하는 게 좋다. 대부분 사람들은 빨리 닦고 싶어서 30분이 지나기 전에 다음 작업을 시작하는 경우가 많은데 이 시간은 꼭 지키는 게 좋다.

구두 앞에 앉아서 천천히 바라본다. 30분 전의 모습에 비해 구두에 기름기가 스며들고 광택이 없어졌다면 좋은 징조다. 생각대로 크림이 가죽의 모공에 골고루 스며들어 가죽 깊숙하게 저절로 왁스 칠이 된 증거다. 구두에 물 몇 방울을 떨어뜨리고 구두를 세워 본다. 크림이 골고루 스며들었다면 물방울은 밑으로 흘러간다. 얼룩이 생겨도 금방 마른다. 여기까지 작업을 마쳤으면 비오는 날을 걱정할 필요가 없다.

한숨 돌렸으면 새 천으로 구두 전체를 가볍게 문지른다. 절대 세게 문지르면 안 된다.

그다음에 솔질. 발등 부분은 두 짝을 나란히 두고 동시에 한다. 좌우 구두의 광택을 같게 하기 위해서다. 솔질은 결코 세게 하면 안 된다. 어디까지나 가볍게 골고루 솔질하는 게 기본이다.

구두 옆 부분은 발끝을 밑으로 해서 한쪽 손으로 잡고 솔질한다. 힘을 빼고 여러 번 닦는다. 솔질은 구두 손질 과정 중에서 가장 시간을 들여야 한다. 솔 길이는 15센티미터 이상, 형태는 직사각형이어야 한다. 해 보면 왜 그런지 알 것이다.

구두 바닥에 크림을 바른 뒤 남아 있는 끈적거림이 신경 쓰이는 사람은 티셔츠 천 조각으로 가볍게 닦기만 한다.

솔질이 끝났으면 나일론 스타킹을 단단하게 동그랗게 뭉친다. 발라져 있는 크림을 더 스며들게 한다는 느낌으로 스타킹을 힘주어 문지른다. 부인이나 여자친구가 쓰다 버린 스타킹도 좋고 여동생이 쓰다 버린 스타킹도 좋다.

스타킹이 가죽에 작은 흠집을 낸다고 꺼리는 사람도 있지만, 별로 신경 쓸 필요 없다. 좋은 가죽은 스타킹으로 문지른다고 흠집이 드러나지도 않을뿐더러, 만약 미세한 흠집이 난다 해도 그것이 오히려 가죽을 더 멋지게 보일 수도 있다.

영국인이라면 이 과정의 마무리에 아주 좋은 스웨이드 천을 쓰는데 안타깝게도 일본에서는 좋은 스웨이드 천은 카메라 가게에 가야 있을 뿐이다. 비싸지만 혹시 손에 넣을 수 있다면 구두 색깔별로 몇

장 비치해 두면 좋을 것이다.

한 번 쓴 스타킹은 버리지 말고 다음에 다시 쓴다. 여러 번 사용한 스타킹이 좋은 광택을 낸다.

검은색 구두는 닦으면 닦을수록 녹색 빛을 띠게 된다.

— 루카 만텔라시

🖋 저자의 어드바이스

녹색 빛을 띠게 되기까지 닦으려면 상당한 인내가 필요하다. 그러나 그 단계까지 갔다면 정말 대단한 경지에 이른 것이다. 이 경지에 이른 사람은 광택이 없는 구두, 조금이라도 때묻은 구두를 금방 알아차릴 수 있을 뿐 아니라 구두의 생명 주기까지도 아는 사람이다.

중요한 포인트가 빠졌다. 구두를 손질할 때는 어떤 경우에도 슈키퍼를 넣은 채로 해야 한다. 수트를 옷걸이에 건 채로 솔질해야 하는 원리와 같다.

흠뻑 젖은 구두도 잘 손질하면 멋스러워진다

구두가 흠뻑 젖었을 때도 손질의 기본은 같다.

우선 구두끈을 푼다. 다음으로 낡은 티셔츠를 찢지 말고 그대로 구두 전체를 싸고 닦는다. 티셔츠가 아니라도 흡습성만 좋은 것이면 된다. 구두에 묻은 오염물질이 가죽에 흠집을 내지 않도록 두드리듯이 닦아내는 것이 요령이다.

신문지, 티슈페이퍼, 큰 거즈가 있으면 그것을 둥글게 말아서 구두 안에 틈이 생기지 않도록 집어넣는다. 구두 안에 꽉 채운 상태에서 그늘에서 말린다. 구두를 다짜고짜 신문지 위에 놓으면 절대로 안 된다. 신문지와 구두 사이에 공기가 들어가지 않아서 곰팡이가 생긴다. 마르는 데에도 시간이 걸린다. 두꺼운 책 같은 것에 뒤꿈치 부분만 올려놓는다.

하루에 두 번 정도 구두 안에 넣은 것을 교체한다. 날씨가 건조한 시기에는 3일 정도 그늘에서 말리면 충분히 마른다. 완전히 말랐는지는 발등 부분만 봐서는 알 수 없기 때문에 구두 바닥을 보고 확인한다. 완전히 말랐으면 안에 넣은 것을 빼고 곧바로 슈 키퍼로 바꿔 넣는다.

마지막으로 천으로 닦기 전에 솔질을 충분히 해서 구두의 구멍들(윙 팁 방식 구두의 구멍 같은 것 — 옮긴이)에 박힌 오염물질을 제거해야 한다. 크림은 약간 많다 싶을 정도로 충분히 발라 둔다.

물구덩이를 밟았을 때나 여러 가지 이유로 구두 바닥에 물이 묻었을 때에도 반드시 구두를 세워 두어야 한다. 손으로 만져서 수분이 없어졌다고 확인하기 전까지는 신으면 안 된다. 이것이 기본이다. 특히 장마철에는 조심해야 한다.

구두가 흠뻑 젖었다고 해서 비관할 필요는 없다. 좋은 구두는 아무리 자주 젖어도 그때그때 충분히 손질해 주면 멋스러워진다. 이탈리아 사람들 가운데는 새 구두를 좋아하지 않아서 주문한 직후에 일부러 물에 적시는 기인들도 있다.

구두를 수리할 때는 한 켤레씩 맡기지 말고 어느 정도 모이면 슈 키퍼를 넣은 상태로 구둣가게에 맡긴다. 구두를 아낀다는 마음과 구두에 대해서 어느 정도 일가견이 있다는 사실을 보여주기 위해서다. 그렇게 하면 구둣가게에서 구두 상태를 확인한 후 솜씨 좋은 장인에게 수리를 맡길 것이다. 꼼꼼하게 수리되었다면 다음에도 같은 구둣가게에 맡긴다. 사는 것은 어디에서 사든 상관없지만 수리만은 같은 구둣가게에 맡기는 것이 좋다. 이것은 기본이다.

역 근처에 있는 밑창만 갈아 주는 구둣방에 맡기는 것은 피해야 한다. 수리는 확실한 노하우가 있는 구둣가게에서 해야 한다. 이것도 기본이다.

> 싸구려 구두로는 깔끔하게 갖춰 입기 어렵다. 주머니 사정이 허용하는 범위에서 최고의 구두를 갖추어라. 매우 무리해서라도 비싼 구두를 구입하는 일이 그렇게 터무니없는 짓은 아니다.
>
> — 하디 에이미즈 경

✎ 저자의 어드바이스

3만 엔짜리 구두를 세 켤레 사 신는 사람보다 9만 엔짜리 구두를 한 켤레 사는 사람이 더 댄디한 사람이다.

〈비에 젖은 구두 손질법〉

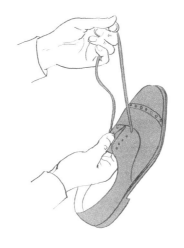

① 비에 젖었을 때는 우선 끈을 뺀다.

② 낡은 면 티셔츠로 구두 전체를
감싼 뒤 꼼꼼하게 닦으며 물기
를 제거한다.

③ 구두 안에 티셔츠 천 조각이나
신문지, 거즈 등을 가득 채워
넣는다.

④ 가끔 구두 안에 채워 넣은 것
   들을 갈아 주면서 그늘에서 말
   린다.

〈구두 건조〉

⑤ 구두를 말릴 때는 신문지를 밑에 깔고 반드시 무언가에 걸쳐서
   세워 두어야 한다. 구두 속이 말라야 구두가 마른 것이다.

제 3 장

셔츠

Shirt

1. 클래식 드레스 셔츠란

기능은 클래식 스타일과 언제나 대립한다

클래식 수트 스타일에 관해 논하고자 할 때, 우리는 클래식 수트 스타일을 구성하는 각각의 아이템 하나하나를 꼼꼼하게 검증해야 한다.

하나의 아이템이 생겨난 이후에 그 본질과 관계없는 부가가치가 더해지는 경우가 많기 때문이다. 부가가치란 기능이다. 어떤 물건에 기능적인 측면이 더해지고 나서 그 기능이 본질보다 더 강조되는 물건은 이제 클래식하다고는 말할 수 없다. 당초 목적이 훼손됐기 때문이다.

예를 들어 반소매 셔츠가 클래식하다고는 결코 말할 수 없다. 반소매 셔츠는 그저 더위를 피하려는 기능적인 이유만으로 소매를 잘라내 버린 불쌍한 셔츠에 지나지 않는다. 반소매 셔츠에 넥타이를 맨 사람들은 하디 에이미즈 경의 말처럼 그저 수트를 입었다는 모습만을 보여주기 위해 그것을 입었을 뿐이다. 더욱이 재킷을 입지 않고 반소매 셔츠와 넥타이만 맨 모습은 우스꽝스럽고 초라해 보인다.

> 편한 느낌을 추구하다 보면 셔츠를 만드는 데 당연히 손이 많이 간다. 셔츠 각 부분을 디자인할 때는 재킷 안에서 부대끼지 않는 셔츠, 재킷과 같이 움직이는 셔츠를 만드는 것을 기본 전제로 해야 한다. 이를 위해서는 각 부분별로 구상해 나갈 필요가 있다.
>
> — 에치오 파티에스 몬타니에✦

🖋 저자의 어드바이스
셔츠는 항상 재킷 움직임을 따라가야 한다. 그것이 가장 편안한 셔츠다.

수트 스타일이란 어디까지나 수트와 셔츠, 넥타이의 콤비네이션 스타일을 일컫는다. 반소매 셔츠에 넥타이를 맨 모습은 그저 캐주얼 스타일에 지나지 않는다.

넥타이를 매고 있으니까 괜찮겠지 하고 생각한다면 그것은 너무 안이한 생각이다.

더위를 피하기 위해 반소매 셔츠를 입은 사람들은 결코 다른 사람들 앞에서 재킷을 벗으면 안 된다. 기능은 특정한 개인의 만족을 위한 요소이지만 매너는 또 다른 차원이다.

버튼 다운 셔츠도 마찬가지다. 미국의 양복 메이커 브룩스 브라더

✦ 수작업으로 유명한 이탈리아 셔츠 브랜드 '프리니'의 사장.

스가 셔츠 깃에 버튼을 단 이유는 폴로 경기 유니폼으로 입는 셔츠의 깃이 나풀거리는 것을 고정시키려는 뚜렷한 이유가 있다. 버튼 다운 셔츠는 원래 기능 위주의 스포츠성이 강한 셔츠다.

버튼 다운 셔츠에 넥타이가 어울리는 것은 블레이저를 제외하고는 유일하게 트위드 재킷 정도다. 트위드 재킷은 원래 영국에서 사냥이나 낚시할 때를 입었던 매우 캐주얼한 특성이 강한 성격의 옷이기 때문이다.

버튼 다운 셔츠를 클래식 스타일에 코디하는 것은 큰 잘못이다. 클래식 스타일은 예로부터 이어져 내려오는 전통을 계승하는 스타일이라는 의미다. 옛날 스타일이라는 뜻이 아니다. 수트 스타일의 올바른 룰을 계승하는, 그 시대를 대표하는 스타일이다. **엄밀하게 말하면 모던 클래식이다.**

신사의 스타일은 약 반세기 전에 확립되었고 그 이후에 기능적인 측면이 보태졌다. 반세기 전 스타일에서 변화한 것들은 대부분 한 시절의 유행에 따른 것이다. 이러한 유행은 대체로 패션업체들의 수익에 공헌하기 위한 목적에서 나타났다. 그 가운데 일부는 클래식 스타일과 정면으로 대립하기도 한다.

기능은 클래식 스타일에는 필요 없는 덕목이다. 기능적 측면에서 시작된 변화는 모두 클래식으로 정착하지 않는다. 이것이야말로 클래식 스타일의 기본 원리다. 기능을 보고 선택해야 하는 물건은 가전제품이나 PC 같은 물건들이다. 수트와 셔츠를 고를 때는 이런 기계들을 고를 때와 선택 기준을 달리해야 한다.

셔츠는 수트와 마찬가지로 중요한 역할을 한다. 약간 와이드하면서도 자연스러운 셔츠 칼라에 넥타이를 맨 남성이 가장 엘레강스하게 보인다.

— 루치아 파신 랜디✤

🖋 저자의 어드바이스
자연스러운 느낌을 표현하는 일이 클래식 스타일의 가장 큰 조건 중의 하나다.

정통 깃은 스프레드 칼라뿐이다

클래식 스타일의 수트에는 깃에 아무것도 붙어 있지 않은 아주 보통 스타일의 셔츠를 코디네이트 해야 한다.

셔츠 깃과 깃 사이 넥타이를 매는 공간(타이 스페이스)의 각도는 160도로 벌어져 있어야 한다. 깃의 길이는 7센티미터가 기본이다.

셔츠 뒷깃의 높이는 4~4.5센티미터다. 그러면 수트의 뒷깃 위로 1.5센티미터 정도 셔츠 깃이 보이게 된다. 수트 칼라 안쪽은 3센티미터(바깥 쪽은 4센티미터)이기 때문에 셔츠 뒷깃이 4.5센티미터이면 1.5센티미터가 보이게 된다. 셔츠 뒷깃이 5센티미터나 되는 하이 칼라는 목이 짧은 사람에게는 어울리지 않는다.

이 하이 칼라는 '잉글리시 스프레드 칼라'라고 하여 원저 공의 남동생인 켄트 공이 정착시켰는데 현재도 영국 왕실의 멋쟁이들이 이

✤ 수제 셔츠로 유명하다. 이탈리아의 셔츠 브랜드 '프라이'의 오너.

칼라 스타일을 계승하고 있다. 이 스타일이 넥타이를 맨 V존의 프로포션을 가장 클래식하고 아름답게 보이게 하기 때문이다.

이 이외의 칼라 스타일은 클래식의 범주에는 들어가지 않는다. 칼라에 장식성은 불필요하기 때문이다. V존에 괜히 핀이나 버튼을 달면 대칭적으로 구성되어야 하는 남자의 가슴 균형이 깨진다.

엘레강스한 모습이란 어느 시대에서나 쓸데없는 것들을 배제한 깔끔하게 정리된 모습을 말한다.

미국의 버튼 다운 셔츠는 타이 스페이스의 각도가 좁아서 V존에서 버튼이 외부로 보이지만 이탈리아의 버튼 다운 셔츠는 타이 스페이스가 넓고 버튼이 수트 라펠 안쪽에 숨기 때문에 밖에서는 보이지 않는다. 이때 버튼은 장식이 아니라 단순히 셔츠 깃 끝을 고정하는 역할만을 한다.

이것이 미국과 이탈리아의 버튼 다운 셔츠에 대한 생각의 차이다. 영국에서도 버튼 다운 셔츠를 만들기는 하지만 극히 드물다.

태브 칼라(깃 끝에 태브가 달린 셔츠 옷깃. 넥타이 아래에서 태브를 여민다 – 옮긴이)도 마찬가지다. 태브 칼라 셔츠는 넥타이가 너무 조이거나 풀어지는 일을 방지하기 위해 윈저 공이 고안했다고 전해지는 기능성을 우선으로 하는 스포츠 취향이 강한 셔츠다. 그런데 태브 칼라는 삼각형으로 구성되는 V존을 파괴한다.

깃 끝이 좁고 넥타이를 누르고 있는 것 같은 롱 포인트(깃이 긴) 셔츠도 마찬가지다. V존이 셔츠 칼라와 넥타이에 묻혀서 셔츠 깃이 보이지 않기 때문에 다른 사람들 이상하게 볼 수 있다. 목 끝이 조이기 때문에 전체적으로 보면 목 끝만 강조되고 목이 짧게 보인다. 셔츠 깃을 숨기는 스타일은 1930년대 미국의 갱들이 좋아한 스타일이다.

수트 뒷깃 위로 보이는 셔츠 칼라는
너무 높아도 너무 낮아도 안 된다.
1.5~2센티미터 사이여야 한다.

1.5센티미터

4~4.5센티미터
(목이 짧은 사람
은 3.5센티미터
가 적당하다)

160도

셔츠 깃 장식은 남의 눈에 띄려고 노력하면 할수록 오히려 엘레강스를 망쳐 버린다는 진리를 알려 주는 좋은 예다.

셔츠와 넥타이 소재의 관계도 고려해야 한다. 반세기 정도 전에는 넥타이 소재가 수트 원단처럼 두꺼웠고 지금과 같은 섬세함이 없었다. 버튼이나 핀으로 셔츠 깃을 고정시키게 된 이유도 셔츠 깃 안에 넥타이가 제대로 자리 잡기 어려웠기 때문이다. 즉, 셔츠 깃이 위로 뜨는 것을 방지하기 위한 것이었다.

현재의 넥타이는 캐시미어 같은 원단을 제외하면 거의 섬세한 소재다. 섬세한 소재에는 심플하고 섬세한 잉글리시 스프레드 칼라가 가장 잘 어울린다.

셔츠는 재킷과 넥타이를 융합하는 역할을 한다. 융합의 전제 조건은 셔츠 칼라에 장식성을 배제하고 V존을 돋보이게 하는 일이다. 이를 위해서는 기품은 있지만 그 자체로는 눈에 띠지 않는 칼라 스타일이 좋다. 클래식 셔츠는 V존 안에 조용히 그리고 엘레강스하게 숨어 있어야 한다.

소재가 최우선

소재에 대해 너무 길게 말하면 독자들이 따분해할 수 있으므로 꼭 알고 있어야 할 지식만 아주 간략하게 언급하겠다. 이 부분은 한 번 읽어 볼 필요는 있겠지만 그리 중요하게 생각하지 않아도 된다.

셔츠는 원래 언더웨어였다는 사실을 잊지 말자. 셔츠의 어원은 라틴어의 tunica(속옷)이다.

속옷은 가장 피부에 가까운, 피부가 직접 맞닿는 옷이다. 유럽의 많은 멋쟁이들이 속옷을 입지 않고 셔츠를 입는다는 사실을 떠올려 보라. 따라서 셔츠 소재는 최대한 흡습성이 좋은 것이 좋다. 즉, 면이 최선이다.

피부에 가까운 옷일수록 좋은 품질의 소재를 사용해야 한다. 이것도 옷차림의 기본이다.

멋스럽고 자연스러운 느낌에서 면보다 좋은 자연소재는 예나 지금이나 그리고 미래에도 나오지 않을 것이다. 그만큼 면은 훌륭한 소재다.

셔츠 소재에 자주 쓰이는 합성 섬유, 그 가운데서도 수요가 많은 폴리에스테르(테크론, 테트론, 에스테르 등)는 세탁해도 줄어들지 않고 열에 강하고 주름이 잘 생기지 않게 하는 등의 기능에만 치우친 소재이므로 클래식 셔츠의 본질과 정반대의 성격을 가지고 있다.

착용감도 좋고, 보기에도 자연스러우며, 수트 소재인 울과 캐시미어 같은 천연소재와도 잘 어울리는 셔츠 소재는 100% 순면 소재뿐이다. 실크 셔츠는 밤마실을 위한 셔츠이고, 면에 폴리에스테르를 혼합한 소재는 그것을 만든 발상 자체가 빈곤해 보인다.

클래식 스타일을 표현하기 위해서는 위에서부터 아래까지 모든 소재가 천연소재라야 한다. 화학섬유 같은 것이 조금이라도 포함되었다면 그것은 더 이상 클래식이 아니다. 화학섬유의 목적은 기능이기 때문이다.

남자 옷은 요리와 마찬가지로 소재가 모든 것을 말한다. 의식주 모두 그렇다. 사람에게 가장 편한 것은 목조 가옥, 신선한 어패류, 코튼 등의 자연소재다. 왜냐면 인간의 몸 자체가 자연소재이기 때문이다.

베스트 드레서는 항상 면 셔츠를 애용해왔습니다. 그리고 이 전통은 앞으로도 변하지 않을 것입니다.

— 앨런 프렛커

✎ **저자의 어드바이스**
질 좋은 면은 실크보다 비싸고 실크보다 입기 편하다.

클래식 스타일은 신소재로 만들어진 집이 아니라 나무로 만든 집이어야 한다. 목조 주택은 얼마나 사람이 살기 편한가를 먼저 고려하지만 신소재는 얼마나 불에 타지 않는가 하는 기능을 우선한다. 클래식 스타일을 추구하는 사람은 자신이 입거나 신으려고 하는 아이템의 소재가 자연소재인지 인공소재인지 유심히 살펴보아야 한다.

가장 좋은 품질의 코튼은 미국 남북 캐롤라이나의 산과 조지아 주 연안의 섬에서 나온 시 아일랜드(Sea Island) 코튼이다. 촘촘히 짜였고 기품 있는 윤기와 광택이 난다. 촘촘히 짜였다는 것은 가는 실을 많이 사용했음을 의미한다.

셔츠 가게에서는 고객에게 이건 몇 수이고 저건 몇 수이다 하고 번수를 내세우며 그럴듯하게 셔츠 원단의 품질 차이를 설명하기도 할 것이다. 그런 말에 귀 기울일 필요는 없다. 단순하다. 코튼 원단에 붙은 번수는 숫자가 커지면 가격도 올라가고 질도 좋아진다. 이 사실만 알면 충분하다.

코튼 소재의 숫자 크기는 같은 면적 안에 얼마나 많은 실을 사용했는가를 의미하는데 숫자가 커질수록 사람 몸을 부드럽게 감싸주고 착용감도 좋아진다.

만약 셔츠 가게 주인이 하는 설명을 참고하고 싶다면 그가 권하는 가장 높은 번호보다 한 두 단계 낮은 번수(가장 높은 번수의 원단보다 싼 것)를 고르면 된다. 그 정도 수준의 물건(대개 160수 정도)이면 가장 높은 번수의 원단과 착용감이 별 차이가 없을 것이다.

셔츠를 구입할 때는 우선 원단을 확인한다. 브랜드에는 현혹되지 말 것. 코튼 100%의 적당한 번수를 고른다. 스타일은 그다음 문제다.

① 소재 → ② 사이즈 → ③ 스타일(디자인) → ④ 디테일 순이다. 소거법을 선택하면 셔츠 고르기는 별로 어렵지 않다. 이것이 산 다음에 후회하지 않기 위한 지혜다.

실패는 대개 ③ 또는 ④를 우선으로 두고 선택했을 때 잘 일어난다. 예를 들어 버튼 다운이나 더블 커프스를 사고 싶었을 경우가 여기에 해당되는데, 그것은 사실 셔츠를 고르는 행위가 아니라 버튼 다운이나 더블 커프스를 고르는 행위라고 보면 된다. 셔츠 가게에 ①과 ②는 만족하는데 ③과 ④를 만족하는 제품이 없다면 다른 가게에 가면 된다. 클래식 아이템 쇼핑은 가능하면 자주하라. 이것도 댄디의 조건이다.

2. 클래식한 고품질 셔츠를 알아보는 방법

천과 천의 연결

셔츠는 부분과 부분의 조합으로 구성된다. 싸구려 셔츠는 대부분 거친 '컷 앤 소잉(부분과 부분을 겹쳐서 봉제하는 방식)'으로 만들어진다. 티셔츠 어깨솔기 부분에서 볼 수 있듯이 등판과 앞판이 겹쳐져서 올라간 부분이 컷 앤 소잉의 흔적이다.

메이커는 이 올라간 부분을 최대한 편평하게 고르려고 노력한다. 이 부분이 편평하면 편평할수록 몸에 맞기 때문이다.

올라간 이 부분을 얼마나 얇게 만들었는지가 셔츠를 판단하는 기준이 될 수 있다. 얇으면 얇을 수록 꼼꼼하게 만든 셔츠다.

또 하나의 기준은 깃과 등판(목 뒤)의 연결 부분이다(일러스트 참조). 거의 모든 셔츠가 직선인데 이 직선은 공장 조립 라인에서 기계로 봉제한 증거다.

위 그림은 가장 클래식한 셔츠를 만들어달라는 조건을 달아서 이탈리아 핸드메이드 셔츠 메이커에 주문한 두 장의 셔츠를 일러스트로 그린 것이다. 두 셔츠의 차이는 칼라의 각도 뿐이다. 왼쪽이 160도, 오른쪽이 140도다.

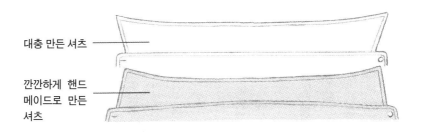

대충 만든 셔츠 ─

깐깐하게 핸드
메이드로 만든
셔츠

핸드 메이드로 봉제된 셔츠는 이 라인이 굽어 있다. 인체가 곡선으로 구성되었다는 점을 생각하면 부분과 부분의 연결부는 저절로 곡선을 그리는 것이 맞다.

예를 들면 큰 공 전체에 천을 두른다고 한다면 천 한 장으로는 불가능하므로 크기가 다른 여러 장의 천을 이어야 한다. 더욱 아름답게 보이려면 천과 천 사이를 연결하는 처리가 깔끔해야 한다. 셔츠도 마찬가지다.

현대 서양 의복은 셔츠뿐만 아니라 모든 옷이 패치워크(크고 작은 헝겊 조각을 쪽모이하는 기법 — 옮긴이)로 만들어지며 착용감은 천 자체의 질보다는 천과 천을 잇는 연결 작업을 얼마나 잘하느냐에 달려 있다. 그 연결 작업의 실력을 가장 잘 알 수 있는 옷이 셔츠다. 왜냐하면 셔츠는 사람의 피부에 가장 가까운 의복이기 때문이다.

망설일 것 없다. 셔츠 가게에서 포장을 풀고 셔츠를 펼쳐서 연결 부분의 높이, 특히 어깨솔기와 겨드랑이 밑의 연결 부분을 확인하라. 이 부분이 얇고 균일하게 되어 있으면 품질이 좋은 셔츠이고 티셔츠처럼 봉긋하게 올라와 있으면 기계로 만든 싸구려 셔츠다.

일본에는 시착을 못 하게 하는 기성복 셔츠 가게가 많지만, 가능하면 시착해 보고 양팔을 올렸다 내리는 등 일상적인 움직임을 해 보는 게 좋다. 몸을 움직이기 쉬운 셔츠와 그렇지 않은 셔츠의 차이를 알 수 있을 것이다. 움직이기 쉬운 셔츠는 연결 부분을 그만큼 신경 써서 처리한 물건이다. 만약 2만 엔 이상 셔츠에 투자한다면 시착할 권리가 있다. 이탈리아에서는 1만 엔 정도의 셔츠라도 시착할 수 있다.

클래식한 고품질의 셔츠는 천과 천의 연결 부분이 꼼꼼하게 처리되어 있어야 한다.

엘레강스한 셔츠 칼라의 스티치는 촘촘하면 촘촘할수록 드레시
한 인상을 주며, 스티치가 가장자리 쪽으로 치우치면 치우칠수록
격식을 갖춘 인상을 주게 됩니다.

— 루치아 패션 랜디

✎ **저자의 어드바이스**
위치는 칼라 안쪽 5밀리미터. 1센티미터 폭 안에 10피치의 스티치. 클래식
한 고품질의 셔츠는 정교한 세공이 좌우한다.

목둘레와 소매 길이의 정확한 사이즈

일본인은 (수트도 마찬가지지만) 셔츠도 대개 오버 사이즈로 입는
다. 이러한 경향은 오버 사이즈의 디자이너 수트가 유행하기 시작한
1980년대 중반부터 시작되었다.

칼라와 목 사이에 손가락 하나 정도의 여유를 두라고 하는 셔츠
가게를 믿으면 안 된다. '손가락 하나'는 30년 전에 퍼진 속설이다.
목 사이에 손가락 하나가 들어가 버리면 목둘레는 헐렁헐렁해진다.
'손가락 하나'는 셔츠 소재가 세탁 때문에 줄어드는 것을 상정한 사
이즈라고 생각하면 된다.

칼라와 목 사이에 손가락 하나 정도 여유를 두라는 설의 근거는
옛날 영국의 정통 셔츠 스타일인 하이칼라에서 온 것에 지나지 않는
다. 셔츠 깃 높이가 높을수록 포멀하다고 여겨졌기 때문이다.

하이칼라를 좋아하는 사람들은 턱 밑까지 셔츠가 올라오는 느낌
을 좋아하는데 너무 딱 맞으면 목을 조이기 때문에 목둘레에 약간

여유를 주게 된 것이다. 현재도 이탈리아 나폴리 사람들은 이런 셔츠를 좋아하는 경향이 강하다.

5년 전에 로마의 유명한 셔츠 가게에서 다음과 같은 경험을 한 적이 있다. 항상 입는 사이즈와 같은 사이즈(목둘레가 이탈리아 사이즈로 40 또는 15와 4분의 3)로 골랐는데 점원이 내 체형을 슬쩍 보더니 혹시 모르니까 목 사이즈를 재보자고 했다.

내 셔츠는 전부 40이라고 하니까 점원이 심각한 표정을 짓고 주인에게 상담하더니 주인이 나와서 역시 재보는 것이 좋겠다고 한다. 할 수 없이 오케이 하니 주인이 줄자를 꺼내서 내 목둘레를 꼼꼼히 체크 한 후 진지하게 '당신 사이즈는 잘못됐다. 40이 아니라 39다'라고 말했다. 이때 셔츠를 시착해 보고 나서 내가 알고 있는 사이즈가 잘못됐다는 것을 처음으로 알게 되었다.

목둘레를 넉넉하게 입는 경향은 루즈 핏 셔츠가 유행하면서부터 눈에 띄기 시작했다. 깃 높이가 전체적으로 낮아졌기 때문이다. 깃 높이가 낮아지면 셔츠 첫 번째 버튼의 위치가 낮아진다. 목젖 아랫부분 정도에서 채우던 버튼이 더 아래 쪽으로 내려가면서 결과적으로 사이즈를 잘못 재기 쉬워졌다.

셔츠 가게는 루즈한 셔츠와 클래식한 셔츠를 구분해서 재야 하며 고객에게 한쪽 사이즈만 알려 줘서는 안 된다. 고객은 두 가지 사이즈가 있다는 것을 미리 알고 있어야 한다.

칼라 높이가 높은 셔츠와 칼라 높이가 낮은 셔츠는 목 사이즈를 달리 해야 한다. 이건 중요한 사항이다.

목이 큰 사이즈의 셔츠에다 넥타이를 꽉 끼게 매면 타이 스페이스가 비뚤어지고, 넥타이를 느슨하게 하면 목둘레에 틈이 생긴다.

셔츠 목둘레에 불필요한 여유 공간을 주어서는 안 된다. 저스트 사이즈가 기본이다. 저스트 사이즈라는 것은 목이 자유롭게 움직이지만 셔츠 안에서 놀지 않을 정도의 사이즈를 의미한다.

셔츠를 오버사이즈로 입으면 재킷 안에서 한쪽으로 쏠리기 쉽고 재킷의 어느 부분에선가 걸리게 된다. 부자연스러운 주름도 생긴다.

소재가 줄어드는 것을 생각해서 한 사이즈 크게 선택하는 사람도 있다. 줄어들지 안 줄어들지는 복불복이지만 대체로 가는 실로 짠 원단은 잘 줄어들지 않는다. 대부분의 가는 실이 소재를 유연하게 하기 때문이다.

가게에서 당신의 사이즈를 40이라고 한다면 오히려 39를 사자. 이것이 저스트 사이즈를 찾는 방법의 하나다.

클래식 셔츠는 너무 꽉 끼지 않을 정도로 몸에 딱 맞아야 한다.

소맷부리 줄이는 방법도 가게에 따라 제각각이다. 고객의 어깨에서부터 손목까지를 재고, 아무렇지도 않게 그 길이대로 소매를 줄이는 점원은 가게에 있을 자격이 없다. 마네킹에 셔츠를 입히는 것이 아니다. 움직이는 인간의 몸에 입히는 것이다. 셔츠 소매 길이와 인간의 팔 길이가 같다는 것은 사람의 발 사이즈와 구두 사이즈가 동일한 것과 같은 이치다. 팔꿈치를 굽히고 손을 올리는 등 일상적인 움직임을 미리 예상해서 옷 사이즈를 결정해야 한다.

사이즈가 맞지 않는 구두는 발이 고통스럽기 때문에 점원에게 클레임을 걸기 쉽지만 셔츠는 몸이 고통스럽지 않기 때문에 클레임 걸기 어렵다. 고객은 셔츠 가게에 많은 요구를 해야 한다.

소맷부리는 가능하면 줄이지 않는 것이 좋다. 대개 소맷부리는 양손을 내리면 손가락 제2지관절 정도까지 온다. 이 길이가 소맷부리를 잠그지 않았을 때의 제대로 된 길이다. 이탈리아에서 주문 제작하면 보통 그 정도 길이로 만들어 준다. 일본제 셔츠 길이는 너무 짧다.

클래식 셔츠는 손목 부분을 살짝 크게 만든다. 손 움직임에 의해서 원단이 말려 올라가도 소맷부리가 덩달아서 말려 올라가지 않도록 조절하기 위해서다.

셔츠 소맷부리는 부드러운 커브를 그려야 한다. 싱글 커프스는 7센티미터 길이가 가장 밸런스가 좋다. 소매 길이는 어깨와 팔꿈치는 건드리지 않고 소맷부리 단추로 조절해야 한다. 일본인에 비해 유럽 사람들은 평균적으로 팔이 두껍기 때문에 유럽산 기성복을 구입했다면 단추를 떼어내고 1~2센티미터 정도 안쪽으로 바꿔 단다.

손목시계를 차는 팔은 평소 시계를 찬 상태를 상정해서 단추 위치를 약간 여유롭게 설정한다. 다른 쪽 팔은 손목에 시계나 팔찌 같은 것을 차지 않은 상태에서 팔목이 꽉 끼게끔 단추 위치를 설정한다.

팔목이 꽉 끼게 하는 이유는 수트의 소맷부리에서 셔츠 소매가 반드시 1.5센티미터 나오도록 하기 위해서다. 소맷부리가 팔목에 고정되어 있으면 수트 소맷부리에서 셔츠가 반드시 보이게 되어 있다.

셔츠 칼라는 수트 칼라 위로 최대 1.5~2센티미터 정도 올라오는 것이 좋다. 마찬가지로 셔츠 소맷부리도 수트 소맷부리에서 1.5~2센티미터 나와야 한다.

— 제임스 앵거스 파우

✎ **저자의 어드바이스**
이것은 멋 내는 방법이 아니라 남자 패션의 규칙이다.

자신에게 맞는 소매 길이는 단 하나뿐이다

매우 중요한 사항이기 때문에 다시 한번 더 말한다.

클래식 스타일은 수트의 뒷 칼라와 소맷부리에서 셔츠가 각각 1.5~2센티미터 정도 보여야 한다. 수트 칼라와 소맷부리에서 셔츠가 보이면 전체적으로 균형이 잡히고 단정해 보인다. 수트 소맷부리에서 셔츠가 안 보이면 수트가 오버 사이즈로 보이고 전체적으로 느슨해 보인다.

짙은 색 수트와 흰 셔츠를 입고 수트 소맷부리에서 셔츠가 보이는 경우와 그렇지 않은 경우를 흑백사진으로 찍어 보면 금방 알 수 있다. 셔츠가 보이지 않는 스타일은 꼭 맥빠진듯한 느낌이 든다.

팔꿈치를 굽힌 상태에서 수트 소맷부리에서 셔츠 소맷부리가 1.5센티미터 보이고, 또 셔츠 소맷부리에서 얇은 손목시계가 2센티미터 정도 보이는 것이 가장 클래식하고 엘레강스한 분위기를 만든다. 1950년대 할리우드의 패션 리더들이 좋아한 스타일이다.

덧붙여 말하자면 올바른 수트 스타일에 어울리는 손목시계와 벨트는 가죽뿐이다. 앞에서 말했듯이 클래식 스타일은 자연소재로 통일되어야 하기 때문이다. 여기에 골드 또는 실버가 끼어들면 밸런스가 깨진다. 밸런스가 깨지면 객관적 시선이 특정 장소에 집중되어서 수트 스타일이 전체적으로 희미해져 버린다.

이와 같은 이유로 클래식 스타일에 코디네이트 해야 하는 가방과 브리프 케이스의 소재도 가죽이어야 한다. 제로 할리버튼 같은 신소재는 클래식 스타일에는 맞지 않는다.

밸런스의 조건은 각각의 아이템의 전체적인 분위기가 서로 어울리는 것이다. 멀리서 볼 때 사람이 걸어오는 것이 아니라 넥타이나 가방이 걸어오는 것처럼 보이지 않아야 한다.

소맷부리 단추 수선 일은 반드시 전문점에 맡긴다. 집에서 할 수도 있겠지만 대개 풀어지기 쉽다. 올바른 바느질은 상당히 어렵고 숙련된 사람만 할 수 있는 일이다. 단추 다는 방법은 여러 가지가 있지만, 만약 그 가게가 유럽의 전통적인 감치기 방법을 알고 있다면 그 단추는 100번을 세탁해도 견딜 수 있다.

만약 꼭 소맷부리를 줄여야 한다면 베테랑 점원에게 의뢰한다. 베테랑 점원이란 자신 있게 일하는 사람을 말한다. 일일이 고객에게 물어보면 베테랑이 아니다. 한눈에 맞춤 셔츠라는 걸 알 수 있는 이니셜이 들어간 셔츠를 입고 있다 해도 재킷 소맷부리 끝으로 맨살이 바로 이어져 보이는 점원은 피해야 한다. 셔츠 소매가 재킷 소맷부리에서 확실히 보이는 점원이 좋다.

소맷부리는 짧은 편이 좋으신가요, 긴 편이 좋으신가요 하고 고객에게 묻는 점원을 신용해서는 안 된다. 고객 클레임이 신경 쓰여 미리 안전장치를 마련해 두는 것에 불과하다.

그 사람에게 맞는 소매 길이는 하나뿐이다. 만약 그 점원이 남자의 옷맵시에 대해 잘 알고 있다면 영국이나 이탈리아의 베테랑 점원처럼 고객에게 재킷을 입히고 재킷 소매 길이를 확인한 후 셔츠 소매 길이를 딱 맞는 사이즈로 수선해 줄 것이다.

클래식한 남자의 올바른 옷맵시는 개개인의 취향이 아니라 규칙 그 자체다.

소맷부리에 버튼이 2개 달린 셔츠는 클래식이 아니다. 어떤 팔에도 맞게 하는 기능을 우선시했기 때문이다.

단추가 2개 달린 셔츠는 그 발상부터가 캐주얼 셔츠스럽다. 단추가 2개인데 단추 구멍은 왜 하나밖에 없는지 생각해 보면 안다. 남자 옷에다 그런 실용적 발상으로 단추 두 개를 달아 놓은 곳은 캐주얼 셔츠의 소맷부리뿐이다. 단추 하나에 단추 구멍 하나. 그건 아주 당연한 일이다.

> 일본인은 셔츠 소매를 너무 짧게 입는다. 재킷 소맷부리에서 원 핑거(1~1.5센티미터) 정도 셔츠를 보이게 해야 한다.
>
> — 로버트 깁✛

✎ 저자의 어드바이스
셔츠는 재킷의 움직임에 따라가야 하지만 소맷부리만은 움직임과는 별도로 고정돼 있어야 한다.

✛ 영국 런던 셔빌로우의 노포 테일러 '깁 앤 호크스'의 오너.

3. 클래식 셔츠의 디테일

셔츠에 가슴 포켓은 촌스럽다

클래식 수트 스타일에 셔츠의 가슴 포켓은 필요 없다. 드레스 셔츠에는 원래 포켓이 없었다. 포켓이 생긴 시기는 재킷을 벗는 기회가 많아진 제2차 세계대전 이후다.

재킷에 포켓이 생긴 이유는 두 가지다.

하나는 군복 셔츠의 영향이다. 군복은 물건을 여기저기 넣어야 하며 셔츠뿐만 아니라 재킷과 바지에도 포켓이 많다. 이 스타일이 실용적인 면에서 영향을 미쳤다.

또 다른 이유 하나는 제2차 세계대전 이전에는 거의 모든 수트가 스리피스로서 윗도리를 벗어도 셔츠의 많은 부분이 베스트로 가려져 있었지만 전후에는 점차 투 피스(윗도리와 바지로만 구성)가 늘어났기 때문이다. 셔츠는 원래 속옷이기 때문에 남들 앞에서 셔츠만 입고 있는 것은 예의가 아니었다. 공개된 영국 왕실 사진에 셔츠만 입은 모습이 한 장도 없는 것은 그러한 이유 때문이다.

영국이 고안한 세계 공통의 옷인 라운지 수트는 '같은 원단으로 만든 스리피스'가 기본이며 원래 투피스는 없었다.

그런데 전후 미국인들이 덥다는 이유로 베스트 없이 투피스를 애용하기 시작했고 베스트의 포켓 대신 셔츠에 포켓이 필요해졌다. 결과적으로 촌스러운 가슴 포켓이 더해지게 되었다.

미국인은 옷에 항상 기능적인 측면을 추구하며 영국인들은 이런 미국식 취향에 항상 눈살을 찌푸린다. 남자 옷의 역사적 법칙이다.

기능적 측면에서 탄생한 디테일은 앞서 말한 바와 같이 클래식 범주에는 들어가지 않는다. 따라서 셔츠 가슴 포켓은 클래식 스타일과는 관련 없는 것이다.

셔츠를 주문할 때 "가슴 포켓은 어떻게 할까요"라고 고객에게 물어보는 가게는 셔츠의 역사를 모르는 가게다.

셔츠는 재킷 없이 입는 경우가 많기 때문에 가슴 포켓에 의미가 있다.

— 허디 에임스 경

✎ 저자의 어드바이스

이 말을 문자 그대로 받아들이면 안 된다. 이 말은 영국식 빈정거림이다. 영국에서는 이 책에서 내가 말하는 방식처럼 직설적으로 말하는 것은 천한 일이다.

셔츠 단추의 간격과 버튼 홀

클래식한 드레스 셔츠의 앞 단추는 7개다. 맨 윗 단추와 두 번째 단추의 간격은 6센티미터, 두 번째와 세 번째의 간격은 7센티미터, 네 번째 단추부터 일곱 번째 단추까지의 간격도 7센티미터다.

이는 전통적인 이탈리아 셔츠 메이커 세 군데에 한 벌씩, 영국 런던 메이커에 한 벌, '가장 클래식한 셔츠'를 주문한 결과 나온 값이다.

맨 위 버튼 홀과 가장 아래 버튼 홀만 가로로 구멍이 나 있고, 다른 곳은 세로로 나 있다. 위와 아래만 가로로 낸 이유는 단추를 잠근 상태에서 상하의 움직임과 어긋남을 고정하기 위해서다. 맨 위 버튼 홀이 가로로 돼 있으면 넥타이 매듭이 고정된다. 만약 세로로 돼 있으면 셔츠의 좌우 앞판이 어긋나게 된다.

그리고 셔츠를 밑으로 당기는 동작, 더 구체적으로 말하자면 셔츠 옷자락을 바지 속으로 당기듯이 해서 집어넣을 때 버튼 홀이 가로로 되어 있으면 셔츠가 어긋날 일이 없다.

맨 위와 가장 아래 이외의 단추가 세로로 되어 있는 이유는 단추를 잠그기 쉽게 하기 위해서다. 수트처럼 큰 단추는 버튼 홀이 가로든 세로든 상관없지만 작은 단추는 세로 버튼 홀이 잠그기 쉽다.

단추 소재와 두께

고품질의 클래식 셔츠 단추 소재로는 남태평양산 두께 4밀리미터 전후의 진주조개 껍질이 많이 쓰인다.

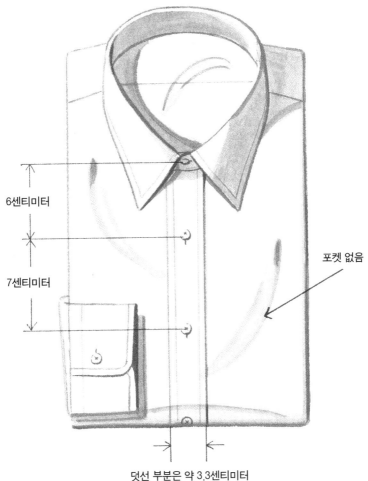

6센티미터

7센티미터

포켓 없음

덧선 부분은 약 3.3센티미터

클래식 셔츠에 포켓은 필요 없다. 포켓은 버튼 다운 같은 스포티한 셔츠를 위한 것이다. 덧선의 너비는 3.3센티미터가 기본. 너무 두꺼운 덧선이 붙은 셔츠에는 넥타이를 매지 않아야 한다.

진주조개 두께는 일반적으로 고품질 셔츠의 증표인데 그것이 두꺼운 이유는 단지 클래식 셔츠 스타일이 확립되었을 당시 조개껍질을 얇은 단추로 가공하는 기술이 없었기 때문이었다.

따라서 셔츠 단추가 두껍다는 사실이 그 셔츠가 클래식 셔츠라는 증거는 아니다. 진주조개 두께는 클래식 스타일로 회귀하고자 하는 하나의 트렌드이자 고급스러움을 드러내기 위한 브랜드 수단에 지나지 않는다. 트렌드와 브랜드는 클래식과 직접적인 관계가 전혀 없다.

클래식 스타일은 시대에 따라 이리저리 변화하는 스타일도 아니며 브랜드가 새로 만들어내는 스타일도 아니다. 하나의 확립된 스타일이 기반이 되고 그 기반 위에 각 시대의 향기와 취향이 덧붙여진 모던 스타일을 말한다.

두께가 두꺼운 단추는 고리타분해 보인다. 모던스러움이 느껴지지 않는다. 진짜 클래식 스타일의 셔츠 단추는 얇아야 한다, 그 이유는 두꺼운 버튼에 비해 훨씬 품위 있어 보이기 때문이다. 또한 두꺼운 버튼은 잠그기 힘들다는 결점도 있다.

> 클래식의 기본은 불변. 테크닉도 변하지 않는다. 변하는 것은 취향뿐이다.
>
> — 루체로 엘 베니에로✛

🐾 **저자의 어드바이스**
정확하게 말하자면 클래식은 '최상급에 속한다'라는 의미이며 클래식 수트는 '최상급의 기본 수트'라는 의미다.

✛ 이탈리아 수트 브랜드 '벨베스트'의 디렉터.

접착 심에 대한 고찰

익숙하지 않은 용어지만 기성복 셔츠에는 접착 심이 사용된다. 깃 심지와 표면 원단을 접착하는 방법이다.

셔츠 깃에 주름이 나는 가장 큰 원인은 심지와 표면 원단 사이에 공기가 들어가기 때문이며 이 두 군데를 처음부터 접착해 버리면 깃에 주름이 잘 생기지 않는다.

이 방법을 쓰면 마감이 깔끔하고 세탁하기 쉽고 주름이 잘 생기지 않는 등의 이점이 있지만 접착 심을 사용하는 가장 큰 이유는 제작 공정을 간소화하는 데 있다. 고객에게 클래식한 셔츠를 제공하려고 하지 않고 잘 팔리는 셔츠만 만들려는 메이커와 브랜드의 일방적인 사정으로 이러한 셔츠들이 시장에 나온다.

접착 심을 사용한 셔츠는 클래식한 셔츠와는 거리가 멀다. 기능성을 최우선으로 했기 때문이다.

클래식한 셔츠는 손 다림질로 꼼꼼하게 만들어야 자연스러운 멋이 난다. 자연스러운 주름은 클래식 셔츠의 특성일 뿐만 아니라 옷의 품격을 드러낸다.

폴리에스테르 원단에다 접착 심으로 만든 셔츠는 최악의 셔츠다. 그런 옷을 입고 있는 사람은 진정한 셔츠의 멋을 모르는 사람이다.

셔츠 색은 블루 계열

클래식 스타일에 어울리는 셔츠 색은 블루와 화이트 두 색깔뿐이다. 만약 모던 클래식 취향을 보다 강하게 표현하고 싶다면 블루 계통을 고르면 된다.

> 셔츠는 오늘날에도 다크 수트와 대비되는 옅은 색으로 입어야 한다. 흰색은 오랜 세월 동안 가장 인기가 있었다. 하지만 이는 나일론 셔츠 시대의 추억이다. 흰 나일론 셔츠야말로 기성복 감각이며 정말로 '촌스러운 취향(naff)'이다.
>
> — 허디 에임스 경

✑ 저자의 어드바이스
흰 셔츠는 고리타분하다. 모던 클래식한 셔츠 색은 옅은 블루다.

옅은 블루 바탕에 스트라이프나 체크 무늬가 들어간 셔츠는 클래식 계통 넥타이(제4장 넥타이 편 참조)에 잘 어울린다.

블루 계통을 권하는 이유는 클래식 수트의 색이 감색과 회색 계통에 한정되기 때문에 블루가 가장 코디네이트 하기 쉽기 때문이다.

흰 셔츠는 코튼 100%여야 한다. 화학섬유는 회색이나 노란색을 띄기 때문에 피해야 한다.

흰색은 무난해서 일본인들이 가장 좋아하는 색이다. 하지만 일본인의 피부색에는 맞지 않는다는 결점이 있다.

서양인과 일본인이 나란히 사진을 찍으면 서양인의 피부색은 약간 핑크색을 띄며 일본인은 노란색을 띈다. 노란색에는 흰색보다 블루가 더 깔끔해 보인다. 피부와 옷 색을 맞추는 것은 중요하며 서양 멋쟁이들은 자신의 피부색 머리색을 세세히 분석하여 그에 맞는 색으로 맞추며 섬세하게 색을 고른다.

대체로 게르만 계통과 아메리카 계통에서는 흰색을 좋아하고 라틴 계통은 블루를 좋아한다.

블루 계열의 색은 천차만별이기 때문에 가게에서 꼼꼼하게 체크해야 한다.

셔츠를 고를 때 저질러서는 안 되는 잘못은 두 가지다. 디자이너 로고가 들어간 셔츠는 피할 것. 셔츠뿐만 아니라 디자이너 옷은 새로운 옷이며 클래식과는 차원이 다르기 때문이다.

또 하나는 자연스러운 느낌을 주고 싶다면 세탁소에 맡길 때 풀을 먹이는 실수를 하지 말 것. 풀을 먹이면 천연소재의 좋은 점을 해치게 된다.

저는 디자이너 이름이 들어간 것은 절대 입지 않습니다. 테일러 이름이라면 모를까. 아무리 입 생 로랑이라 해도 그 이름이 제 성장 배경이나 사고방식과 도대체 무슨 관계가 있나요. 아무런 관계도 없잖아요.

— 리처드 마킨✤

✎ **저자의 어드바이스**
디자이너 옷은 클래식과는 정반대에 있다. 그들의 옷은 모던하지만 결코 클래식이 될 수 없다. 왜냐하면 그들의 옷은 역사가 너무 짧기 때문이다.

✤ 뉴욕의 화가. 『칩 시크(Cheap Chic)』의 인터뷰 중에서.

이니셜 위치와 크기

일본의 주문 제작 셔츠 매장에는 이니셜 견본이 쭉 진열되어 있다. 일본에만 있는 독특한 현상이다. 그것도 눈에 띄는 원색이 많다. 이니셜 크기도 유럽에 비해 두 배 정도 크다. 마치 디자이너 로고 같다.

성과 이름의 머리글자 색을 다르게 한다든지 풀 네임을 다 붙이는 경우도 있다. 일본의 셔츠 매장은 본질보다 곁가지에 더 치중한다.

의복의 이니셜은 그 옷이 개인 소유라는 것을 나타내는 것일뿐인데 소맷부리에 보란 듯이 새기는 건 천박한 일이다. 수트를 입었을 때 다른 사람들에게 보이지 않는 곳에 티나지 않게 새겨야 한다.

셔츠의 커프스 부분에 새기는 사람은 조금이라도 더 눈에 띄고 싶어 하는 사람들이다. 그런 것은 너무 큰 금색 손목시계처럼 다른 사람들에게 좋지 않은 선입감을 줄 수 있다.

남들이 볼 수 있는 장소에다가 자기 소유라고 당당하게 주장할 수 있는 것은 집 '문패'뿐이다.

일본인과 미국인 중에는 커프스 부분에 셔츠와 색깔이 다른 대담한 이니셜을 자수로 새겨넣는 사람이 많다.

클래식하고 엘레강스한 셔츠에 이니셜을 새기려면 왼쪽 가슴에서 약 15센티미터 아래, 웨이스트에서 10센티미터 정도 올라간 부분에 하면 된다. 높이 5밀리미터 정도의 크기로 작은 파리가 붙어 있는 것처럼 작게, 색깔은 감색이 가장 기품 있다.

이탈리아에서 셔츠를 주문하면 이니셜을 넣을 것인지 아닌지만 물어본다. 넣어 달라고 하면 앞서 말한 위치에 아주 작게 감색 자수로(드물게는 진한 회색도 있다) 이니셜을 새겨 넣는다.

15센티미터

TM

10센티미터

〈올바른 이니셜 위치〉

글자가 작으면 작을수록 품위 있다.

기성복 셔츠는 가슴 포켓 중앙에 새길 경우도 있지만 포켓에 새기는 건 왠지 모르게 부자연스럽고 위화감이 있다. 차라리 왼팔의 상완부 바깥쪽에 새기는 것이 포켓에 새기는 것보다는 더 자연스럽다.

다만 이니셜도 원포인트, 즉 하나의 강조점이 된다.

원포인트는 아무래도 사람들의 시선이 간다. 필요 없는 자수를 넣으면 자연스럽고 멋스러운 주름을 망치게 된다. 유럽 셔츠 매장이 이니셜 크기를 5밀리미터 정도로 한정하는 이유는 그 때문이다.

이니셜을 넣느냐 안 넣느냐는 개인의 취향이지만 넣을 때는 반드시 위에 말한 위치에 넣기 바란다. 다른 위치에 넣으면 이상하다. 색은 감색이나 짙은 회색으로. 이니셜을 넣으면 세탁소에서 옷 주인을 식별할 수 있다는 장점도 있다.

옷매무새를 완벽하게 하려면 다른 사람들의 눈길을 끌지 말아야 한다.

— 보 브랜멜

✎ 저자의 어드바이스
원포인트는 되도록 피하는 것이 좋다.

4. 클래식 셔츠 만드는 법

커프스의 역할

싱글, 더블에 관계없이 커프스의 역할은 세 가지다.

첫 번째는 소매 끝 처리다. 팔의 연장인 손목의 소매 끝을 마무리하기 위해서 옛날부터 여러 방법을 써왔다. 옷을 입은 인간에게 팔을 걷어 올리는 행위가 필요했기 때문이다. 제대로 공들여서 만든 옷을 입었던 중세의 왕후 귀족들은 소매 끝에 버튼이나 레이스 또는 더 장식성이 큰 벨트를 매는 등 여러 가지 방법을 시도했는데 이는 모두 팔을 걷어 올리는 일을 전제로 하고 있다.

두 번째는 피부와 셔츠의 융합이다. 피부와 옷이 닿는 말단 부분은 상반신 중에는 목과 소매뿐이다. 그 두 부분을 옷이 부드럽게 감싸고 피부와 옷의 연결을 끝맺음하면 옷 착용감은 훨씬 좋아진다.

세 번째는 장식이다.

현대 클래식 셔츠의 소맷부리는 이 세 가지 역할을 하기 위해서 커프스에 이어지는 몇 줄의 플리츠(pleats)를 만들어 놓았다. 플리츠는 주름을 접어놓은 것을 뜻한다. 플리츠를 만든 목적은 첫째가 장식, 둘째가 옷 자체의 운동량을 늘이기 위해서다.

엘레강스한 고품질 셔츠 소매에는 반드시 몇 줄의 플리츠가 있다. 단 플리츠는 완전히 접혀 있어서는 안 된다. 나중에 붙여 넣어서 플리츠처럼 처리한 가짜가 많으므로 주의해야 한다.

플리츠는 소매 원단의 연결 부분을 아름답게 보이게 한다. 긴소매를 버튼이나 커프스 버튼으로 여며서 소맷부리를 단정하게 고정하면 플리츠가 있는 부분이 부풀어 올라서 소매에 아름다운 입체감을 내게 된다. 이는 중세의 의복 디자인 그대로다.

커프스 아래쪽 소매가 열려 있는 부분에는 반드시 단추가 하나 붙어 있어야 한다. 소매가 열린 것은 팔을 더 걷어 올리기 위한 예비적인 개폐 부분이라는 의미도 있지만, 여기가 열려 있는 것이 막혀 있는 것보다 소매 전체의 밸런스가 좋고, 또 단추가 하나 달려 있어서 장식성이 더 높아진다.

소매가 열려 있는 이 부분을 '소매 트임선'이라고 한다. 한때 할리우드 스타였던 찰튼 헤스톤은 셔츠 소매 트임선의 단추를 없애고 입은 것으로 알려졌다. 버튼을 안 달면 소매 트임선이 입을 크게 벌리게 되어서 팔뚝에 난 털이 밖으로 삐져나오며 섹시하게 보인다는 이유에서 그랬다고 한다.

한 가지 더 짚고 넘어가자. 영화 '007'에서 숀 코네리가 입었던 턴불 앤 아서(Turnbull & Asser) 셔츠는 더블 커프스로서 소맷부리 긴쪽은 9센티미터, 짧은 쪽은 7센티미터인데, 7센티미터에서 9센티미

소매 트임선 버튼은 하나. 반드시 잠궈라.

터에 걸쳐서 완만하게 곡선을 이룬다. 단지 2센티미터 사이의 이 곡선이 우아한 클래식의 세계를 가장 잘 표현해 주고 있다.

> '옷이 남자를 만든다'는 말은 절대적 진리는 아니다. 그러나 적어
> 도 남자에게 자신감을 갖게 하고 만족감을 준다는 의미에서는 납
> 득이 가는 말이다.
>
> — 조지 프레이저

✎ **저자의 어드바이스**
이 깊이 있는 말에 하나 더 덧붙이자면 (자기)만족감과 (자기)도취감은 다
르다.

커프스 링크에 대해서

소매 끝을 더블 커프스로 할지 싱글 커프스로 할지는 개개인의 취향이다. 이 차이로 둘 중에서 어느 쪽이 더 엘레강스하고 클래식한지 말할 수는 없다. 이 둘의 차이는 포멀함을 나타내는 것이다. 더블 쪽이 좀 더 포멀하다.

단, 더블 커프스의 끝에는 하얀 진주조개 껍질로 만든 단추 대신에 커프스 링크가 필요하기 때문에 커프스 링크의 소재와 색에 신경써야 하므로 코디네이트 할 때 조금 더 번거로워진다.

커프스 링크(금이나 은, 보석 등을 사용한 셔츠 소맷부리 고정구)는 무광의 실버 소재가 코디하기 좋다. 작으면 작을수록 기품이 있다.

더블 커프스는 이중으로 접혀 있으므로 소맷부리에 잘 보이지 않

는다. 보이더라도 커프스 부분 전체가 삐져나오는 단점이 있다. 기성복 셔츠로는 이러한 현상을 방지하기 어렵다. 맞춤으로 주문 제작하는 것이 좋다. 그러면 부드러운 소재로 커프스 부분을 조일 수 있을 만큼 조여서 손목과 피부 사이의 간격을 없앨 수 있다.

셔츠를 입었을 때 커프스 전체가 손목에서 따로 놀지 않고 손목을 단단하게 감싸는 듯한 소맷부리로 가공해야 한다.

커프스 링크도 나름대로 잘 구비해야 한다.

1935년 뉴 본드 스트리트의 까르띠에 매장에서 월리스 심슨(심슨 부인)은 윈저 공에게 줄 선물로 다이아몬드와 플래티넘으로 만든 커프스 링크를 주문했다. 그때 그녀가 까르띠에에게 한 주문은 'HOLD TIGHT/단단하게 맺어지게(꽉 안아줘요)'였다.

이 말을 말 그대로 해석하면 윈저 공에 대한 사랑의 맹세로 들리지만 커프스 링크라는 물건의 특성을 바탕으로 추론하자면 손목을 꽉 조이는 특별한 커프스 링크를 만들어 달라는 주문이었다고도 볼 수 있다.

셔츠 소맷부리에 풀을 먹이는 일은 절대 금지다. 소재가 딱딱해지기 때문에 아무래도 손목에서 소맷부리가 떠 버린다.

멋쟁이 서양인은 더블 커프스에 풀을 먹이지 않는다. 손목과 소맷부리가 밀착되어 있고 손목시계는 커프스 안쪽에 위치한다. 커프스 부분이 부드럽게 손목을 감싸고 그것을 커프스 링크가 빡빡할 정도로 조인다(싱글 커프스/소매 끝이 한 겹으로 보통 셔츠와 같지만 단추 대신 커프스 링크로 잠그게 만들어져 있다. 더블 커프스/소매 끝이 뒤집혀서 이중으로 되어 있다. 둘 다 커프스 링크 전용 셔츠다).

커프스 링크는 장식이 아니다. 소매에 단추 달린 셔츠에서 단추가

커프스 링크로 멋을 내기는 쉽지 않다.
소맷부리가 너무 화려해 보이지 않도록 주의한다.
처음에는 실버 소재로. 금이나 보석은 익숙해진 다음에 시도한다.

하는 역할을 한다. 실제로 소맷부리를 조여야 한다. 이것이 원래 더블 커프스와 커프스 링크의 역할이다. 만약 손목 부분에 틈이 넓게 생기는 사람이라면 소맷부리를 싱글 커프스로 하는 것이 좋다.

일본인은 대체로 더블 커프스가 어울리지 않는다. 옷맵시가 어중간해서 소매 끝까지 신경을 안 쓰기 때문이다. 단지 포멀하게 보이기 위해서 커프스 링크를 한다는 발상은 너무 안이하다.

커프스 링크를 고를 때는 넥타이와 마찬가지로, 아니 넥타이보다 더 신경 써야 한다. 또한 셔츠와 넥타이의 색과 어울리게 골라야 한다. 넥타이를 매고 재킷을 입고 마지막으로 커프스 링크를 고른다. 그만큼 상당한 수준의 멋쟁이가 하는 일이다.

만약 커프스 링크로 멋을 내려면 커프스 링크를 넥타이 수만큼 준비해 두어야 한다.

싸구려 수트에 커프스 링크를 코디하는 일은 금기 사항이다. 싸구려임이 더 드러난다.

영국인은 커프스의 종류를 많이 보유하고 매일 그날의 수트와 넥타이에 맞춰서 바꾸는 경향이 강하고 이탈리아인은 싱글 커프스를 즐겨한다.

덧선의 폭은 3.3센티미터

덧선(플랫켓)이란 셔츠 앞 단추가 한 줄로 달려 있는 세로로 된 띠 모양 부분을 말한다(167쪽 일러스트 참조).

가장 클래식한 셔츠에는 이 덧선이 없었는데, 지금은 클래식한 서츠에도 덧선을 단다.

올바른 덧선의 폭은 3.3센티미터다.

덧선은 원래 원단과는 다른 천(소재는 같다)으로 붙여야 한다.

이것은 장식 이외에 별로 큰 의미는 없지만 덧선이 붙으면서 앞판의 중심선이 명확해지고 셔츠에 중심이 생긴다. 또 균형이 강조되고 셔츠가 단정하게 보인다.

덧선 폭이 3.3센티미터를 넘어서 약간 두꺼워지면 젊은이용 셔츠랄까 약간 스포티한 셔츠가 된다. 이탈리아에서 버튼 다운이나 탭 칼라로 주문하면 대개 덧선 폭을 4센티미터로 해 준다.

맞춤 셔츠에 덧선을 붙일지 말지는 소재에 따른다. 꼼꼼하게 짜인 부드럽고 클래식한 느낌이 나는 소재라면 덧선이 없는 편이 더 엘레강스하다.

덧선 없는 셔츠를 풀먹이지 말고 사뿐하게 몸에 걸치고 부드러운 실크 소재 넥타이를 자연스러운 느낌으로 늘어뜨리면 된다.

예를 들어 영화 '프리티 우먼'의 주연배우 리처드 기어의 셔츠를 보자. 이 영화에서 리처드 기어가 덧선이 없는 셔츠를 입은 이유는 '아메리칸 지골로'에서 보인 망가진 인상과는 정반대인 아메리칸 드림을 달성한 남자의 정통성을 주장하고 싶었기 때문이 아닐까.

반대로 신축성 있는 원단 소재의 경우에는 덧선을 붙여야 한다. 단단한 느낌을 내기 위해서다.

셔츠는 약간의 변화만 주어도 클래식에서 곧바로 캐주얼로 바뀌어 버리는 섬세한 옷이다. 무엇이 클래식한지 그렇지 않은지 판단하려면 클래식의 기본 조건이 무엇인가를 알아야 한다.

이를 위해서는 기본적인 스타일을 파악하는 것은 물론이고 더 많은 소재를 입어 보고 그 소재감을 몸으로 기억하는 일이 중요하다.

셔츠를 대수롭지 않게 여기면 클래식을 망친다. 왜냐하면 셔츠는 수트와 한 세트라서 잘못 만든 셔츠는 수트 속에서 반란을 일으키기 때문이다.

제대로 된 베이식을 제2의 피부로 삼고, 한때뿐인 하찮은 유행과 관계없이 조용하게 그러나 개성 있게 자신의 인생을 살아가야 합니다.

— 캐서린 밀리네어/캐롤 트로이

🖋 **저자의 어드바이스**
클래식 스타일은 패션이 아니라 제2의 피부라야 한다.

제 4 장

넥타이

Necktie

1. 클래식 넥타이

넥타이의 수수께끼

넥타이는 단팥빵의 '팥소' 같은 존재이다. '팥소'가 맛없으면 아무리 맛있는 빵도 맛없게 느껴지지만 '팥소'가 맛나면 빵이 조금 맛없어도 참을 수 있다.

넥타이는 남자가 올바른 복장을 하려 할 때 왜 이걸 매야 하는지 도무지 잘 이해가 되지 않는 아이템이지만, 그 사람의 정체성을 가장 잘 나타내는 아이템이기도 하다.

넥타이에 대해 우리가 겨우 이해할 수 있는 사실은 제대로 된 옷차림을 하기 위해서는 넥타이가 꼭 필요하다는, 이유를 알 수 없는 현실뿐이다.

수트와 셔츠, 구두는 인간과의 일체감이 필요하다. 그러나 넥타이는 인간의 목에서 그저 따분하게 늘어져 있을 뿐이다.

남성 스타일은 많은 혼동 속에서 계속 증식해왔다. 그중 많은 것이 금방 잊혀져 버렸지만 소수가 끝까지 남아 클래식이 되었다.

— 오스카 레니우스✢

넥타이가 더위나 추위를 피하게 해 주지는 않는다.

넥타이가 육체를 보호해 주지도 않는다. 반대로 넥타이로 목이 졸려서 죽는 경우는 드물게 있다. 구두로 맞아서 죽었다는 얘기는 들어본 적이 없다.

넥타이는 우리에게 아무런 육체적 쾌락도 주지 않는다.

넥타이는 150센티미터도 안 된다. 그냥 하나의 천 조각에 지나지 않는다.

그러나 넥타이를 목에 매고 있으면 공공장소에 출입할 수 있고 사회의 일원으로서 받아들여진다. 특별한 경우를 제외하면 색도 무늬도 자유다. 꼬여 있어도 얼룩이 묻어 있어도 산처럼 쌓여 있는 바겐 세일 상품이어도 그것을 매고 있기만 하면 어떤 장소에도 출입할 수 있다. 넥타이는 정말 이상한 특성을 가진 물건이다.

수트를 입어도 넥타이 없이는 특정한 장소에 입장이 되지 않는다. 반대로 재킷 없이 넥타이만 매었다고 해서 격식을 갖추지 않았다고

✢ 독일 맨즈 스토어 오너. 저작 『잘 차려입은 신사의 포켓 가이드(A Well-Dressed Gentleman's Pocket Guide)』 중에서.

추궁받지 않는다. 노타이 차림은 넥타이 하나 빠졌다는 이유로 바로 '캐주얼 스타일'로 여겨진다. 넥타이의 유무가 이렇게 중요하다.

그렇지만 넥타이의 본질에 대해 너무 깊이 탐색할 필요는 없다. 넥타이를 매는 일이 글로벌 스탠더드로 정착되어 있는 한, 남성에게 그것은 그저 목에 매기만 하면 사회에 참여하고 있다는 증거가 된다. 우리는 그 현실을 무겁게 받아들이기만 하면 된다. 현실적으로 우리 사회에서 넥타이가 매우 중요한 의미를 가진다는 사실만을 자각하면 된다.

그 이상 깊이 생각할 필요가 없다. 사실, 왜 그런지 더 깊이 생각해 보아야 할 일이긴 하지만 일반인에게는 아마 별 큰 의미가 없을 것이다.

다만, 사람 목을 조이면서 사람 몸 한 가운데 뻔뻔스럽게 달려 있는 넥타이의 존재 이유에 대해서는 좀 생각해 볼 필요가 있다. 왜 그 위치에 넥타이가 있어야 하는지 말이다.

넥타이로 사람 목을 조여야 하는 이유는 뭘까? 그것은 넥타이를 맨 사람에게 옷매무새를 제대로 하라고 재촉하는 의미라고 본다.

예로부터 일본 의복 역사에서 일상적으로 목을 조이는 습관은 없었다. 그럼에도 넥타이가 근대에 와서 갑자기 불현듯 나타난 이유는 '목 주위를 정돈해야 해', '공공장소에서는 바른 몸가짐이 필요해' 하고 넥타이가 우리에게 경고하는 것은 아닐까.

넥타이가 사람 몸 중앙에 자리 잡은 이유는 다름아니라 타인의 눈에 띄기 위해서, 타인의 시선을 집중시키기 위해서다. 다시 말하자면 넥타이는 남자가 몸에 걸치는 아이템 중에서 타인의 객관적인 시선을 가장 필요로 하는 아이템이다.

이것이야말로 넥타이의 존재 이유다.

넥타이는 수트와 마찬가지로 시간과 장소를 구분해야 한다는 인식이 가장 중요하다.

추위와 더위도 막지 못하고 육체를 보호하지도 못하므로 넥타이는 의복이 아니라 장식이다.

이 사실이 중요하다. 장식이므로 언제, 어떤 경우에 매야 하는지가 더 중요하다. 파티, 장례식, 결혼식에서 해야 할 장식이 각각 다르므로.

그런데 알 수 없는 점이 하나 있다. 서양과 달리 일본에서는 관혼상제를 제외하고는 어떤 무늬나 색깔의 복장이든 허용된다는 점이다. 참가자가 무엇을 입어도 무엇을 신어도 아무도 아무 말도 안 한다. 관혼상제의 검은색과 흰색 이외에는 어떤 장소에서 어떤 색깔 무슨 무늬의 넥타이를 매도 따지지 않는 경향이 있다.

아무도 뭐라고 하지 않는 이유는 우리가 넥타이를 '단순한 장식품'으로 여기기 때문이다. 그래서 넥타이를 선물용으로 사는 사람들이 많다. 일본에서 시중에 돌아다니고 있는 넥타이의 60% 이상이 자신을 위해서가 아니라 다른 사람에게 선물하기 위한 것이라는 데이터도 있다.

사실은 남이 고른 넥타이만큼 기분 나쁜 것은 없다. 남이 준 넥타이를 기뻐하면서 매는 사람은 복장에 관심이 없는 수준을 넘어서 사실은 아무 생각이 없는 사람이다.

같은 넥타이를 매고 있는 다른 사람을 만나는 것만큼 멋쩍은 일은 없다. 버나드 쇼는 '이 세상에서 자신과 같은 넥타이를 매고 있는 사람을 보면 견딜 수 없이 싫다'고 했다.

넥타이는 정말로 이상한 물건이다. 그러니까 더 신중하게 골라야 한다. 싸구려 넥타이를 여러 개 많이 사는 일은 금기 사항이다.

이탈리아 멋쟁이 남자들은 정말로 마음에 들어 하는 넥타이는 100개 중에 하나뿐이라고 한다. 이 넥타이를 사흘 내내 계속 맨다. 대신에 매일 다른 수트, 셔츠를 입고 다른 구두를 신는다.

원래 넥타이를 맨다는 것은 그런 종류의 멋이다.

> 누구나 자신의 복장을 인정받기를 바라지만, 자기 스스로에 대해 잘 모르면 자신의 복장을 완성하기 어렵습니다. 복장과 개성 사이에는 매우 섬세한 융합 관계가 있습니다.
>
> — 리처드 마킨

✎ **저자의 어드바이스**
자신의 복장과 개성을 융합시키는 데 큰 효과를 발휘하는 것이 넥타이다.

넥타이 고르기의 세로축과 가로축

현재 매장에 나와 있는 넥타이는 소재와 무늬가 너무 다양하므로 정확하게 이해하기 위해서는 다음과 같은 기본 지식이 필요하다.

우선 세로축으로서 다음 세 종류의 넥타이를 파악한다.

① 중량감 있는 실크 소재를 사용하고 무늬는 클래식 패턴의 자잘하게 작은 무늬 넥타이(감색 바탕에다 자잘하게 작은 무늬를 물방울 모양처럼 대칭적으로 배치한 패턴이 클래식하다. 무늬

의 크기는 직경 5밀리미터 미만. 불규칙적이거나 비대칭적인 패턴은 클래식하지 않다.)

② 실크나 울 원단을 써서 무늬는 클래식 패턴을 현대식으로 응용한 넥타이

③ 주로 디자이너들이 디자인한 소재와 무늬가 다 자유분방한 넥타이

클래식 수트 스타일에 코디네이트 해야 하는 넥타이는 ①번이다. 자카드로 대표되는 두텁게 짠 넥타이다.

든든하게 짠 두터운 넥타이는 견고하게 만들었기 때문에 매우 매기 쉽다. 매기 쉽다는 것은 풀기 쉽다는 것이기도 하며 편하게 사용할 수 있다.

고품질 실크는 차분하고 우아한 광택이 난다. 거기에 수수한 색깔의 작은 무늬가 대칭적으로 배치된다, 여러 가지 색이 들어가지만 대개 바탕색과 다른 한 가지 색깔만이 포인트가 되고 다른 색깔은 멀리서 보면 바탕색에 녹아 있다.

다음으로 가로축으로 두 가지를 생각할 수 있다.

실크 소재는 많이 나와 있지만 두텁다고 해서 그 넥타이가 반드시 고품질이라고는 할 수 없다. 두꺼운 심지를 사용하면 보기에는 두툼하게 두꺼워 보이기 때문이다. 심지나 소재가 너무 단단하면 매기 어렵다.

얇은 소재의 싸구려 실크는 목둘레가 금방 헐거워져서 매는 방법에 따라서는 목둘레가 빈티 나게 보인다.

클래식한 타이는 실루엣이 목둘레에서 대검(넥타이를 맸을 때 앞쪽

이 되는 폭이 넓은 부분)에 걸쳐서 자연스러운 커브를 그리지만, 신소재를 사용한 넥타이는 맸을 때 매듭 약간 밑에서부터 갑자기 폭이 넓어진다. 애스콧타이(영국의 애스콧 경마장에서 유행하기 시작한 스카프처럼 매는 폭이 넓은 넥타이 — 옮긴이)를 흉내 내서 디자인했기 때문이다.

간단하게 말하면 직물 넥타이는 매기 편한 것을 우선시하고 프린트 타이는 무늬 자체를 우선시하는 경향이 있다.

실크 품질을 무게만으로 판단하는 것은 위험하다. 손바닥 위에 둥글게 말아서 올렸을 때 하늘거리지 않고 손에서 스르르 미끄러지면 고품질 실크 소재다.

완벽한 복장을 갖추려면 넥타이로 마지막 마무리를 해야 한다. 넥타이 소재인 실크는 빛이 나지만 수트 소재인 울이 가진 둔중한 느낌의 광택과 대조적인 광택이라서 디자인과 색의 선택폭이 넓다.

— 허디 에임스 경

✎ **저자의 어드바이스**
클래식 수트 스타일에 어울리는 유일한 소재는 고품질 실크다.

〈세로축에 따른 넥타이 종류〉

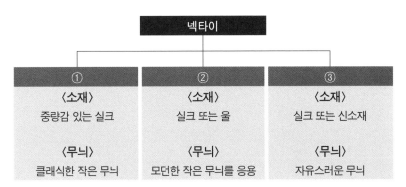

〈세로축에 따른 넥타이 종류〉

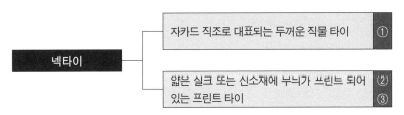

※ 아래 그림의 오른쪽 번호는 위 그림의 번호에 대응한다.

2. 넥타이 잘 고르기

넥타이는 '단순한 장식품'이 아니다

넥타이의 전신인 목에 두르는 천이 생겨난 시기는 17세기 중반이다. 루이 14세의 경호를 맡은 크라바트(크로아티아인) 경기병이 목을 보호하기 위해 현대의 네커치프 비슷한 천을 목에 감았다. 프랑스에서 지금도 넥타이를 '크라바트'라고 부르는 것은 그 시대의 흔적이다.

목 주위를 멋내는 일은 가발과 밀접한 관계가 있는데 가발이 커지면 큰 옷깃이 불편해져서 깃이 작아진다. 그에 따라 재킷 버튼 위치가 낮아지고 목 주의가 노출된다.

맨살을 모두 감추는 게 원래 패션의 상식이라서 당연히 목을 숨기는 방법이 고안되었다. 그것이 넥타이의 원형이다.

겨우 천 조각 하나라고 가볍게 여기면 안 된다. 넥타이를 공공장소에 입장하기 위한 증명서 대신에 몸에 걸치는 장식물 정도로 생각해서도 안 된다.

넥타이는 '단순한 장식품'이 아니다. 엄밀하게 말하면 넥타이는 크라바트의 원래 뜻처럼 원래는 '특정 그룹에 소속되어 있다는 사실을 증명하는 장식품'이다. 그 특정 그룹의 상징으로서 옛날부터 작은 무늬나 스트라이프가 이용되었다.

영국도 프랑스와 같은 길을 걸었다.

현대의 스트라이프 무늬 [레지멘탈 타이(regimental tie) = 두 가지 색 또는 그 이상의 같은 간격 폭의 줄무늬 모양 넥타이] 중에서 많은 것들이 멀리는 16세기 영국군의 연대 깃발에서 유래했다. 이것은 문장(紋章)을 자신들의 상징으로 삼았던 기사 시대의 흔적이면서 오늘날까지도 계속되는 영국의 전통 그 자체다.

바람에 휘날리던 깃발이 남자의 목 아래를 장식하는 현대의 넥타이로 대체된 것은 19세기 말부터다.

예를 들면 현대 영국 공군의 타이는 감색, 흰색, 연지색 스트라이프. 영국 해병대는 감색, 적색, 황색. 기갑부대는 부대별로 흑색, 적색, 백색, 황색을 비롯한 여러 가지 색의 조합으로 구성된다.

이들이 자신들 집단의 상징으로 스트라이프를 사용한 이유는 색깔의 조합이 풍부할 뿐아니라 한눈에 소속 부대를 판별할 수 있기 때문이다.

영국에는 스트라이프 말고도 식민지 정책을 위해 만든 무늬들, 즉 검은 바탕에 빨간색 왕관, 또는 감색 바탕에 흰색 왕관 등의 작은 무늬가 전통적으로 남아 있다. 작은 무늬는 귀족 문장에 많다.

영국에서 탄생한 넥타이 컬러 코디네이션은 스쿨 컬러에도 살아 있다.

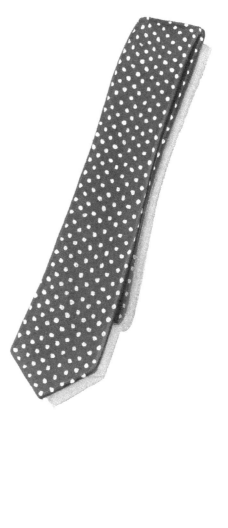

넥타이 무늬는 신중하게 골라라. 자기가 좋아하는
패턴을 정하면 눈에 익어서 실패 확률이 적어진다.
특히 스트라이프는 조심해서 선택하라. 스트라이
프는 공식적인 자리에서는 피하는 게 현명하다.

영국의 사립대학교들이 가장 많이 개교한 19세기 초, 대학교 대항 스포츠가 유행하면서 선수들이 처음에는 모자에 스트라이프 리본을 달아서 팀을 구별했는데 이것을 나중에는 목에 매달았다. 이것이 스쿨 타이의 시초다.

다시금 강조할 필요도 없지만, 영국은 프랑스에 비해 남자 복장에 대해서 세세하게 규정하는 일을 즐기는 나라다. 그게 그들의 자존심이다. 자존심은 인생에 별로 도움이 안 되지만 영국인들은 별로 도움이 안 되는 일들을 좋아한다.

남자 옷을 만들고, 입고, 구매하고, 선택하는 마음속 이유는 나라마다 다르다. 영국은 자존심, 미국은 자유, 라틴 국가들은 자아, 일본은 모방과 시샘이 그 뿌리다. 시샘은 브랜드를 지향하는 풍조로 이어진다.

이는 각 나라 복장의 성립 과정을 되돌아보면 금방 이해할 수 있는 사실이다.

영국에 얼마나 많은 단체 넥타이가 있는지 알아보겠다.

국가, 주, 단체, 학교 동창회, 기갑부대, 의용 농기병단, 식민지, 해병대, 해군 관계, 대학, 공군, 의과대학 등등.

위에서 나눠진 그룹들이 제각각 다른 색깔의 스트라이프로 조합된 넥타이를 맨다고 하면 그 숫자를 짐작할 수 있으리라.

런던을 방문한 어느 일본인이 검은 바탕에 황색 스트라이프를 맸더니 '당신은 옥스퍼드 출신인가요?'라고 물어서 얼굴이 벌게졌다는 이야기도 이해가 된다. 영국 신사는 넥타이 컬러의 콤비네이션에 매우 민감하다.

각국 수뇌부의 정상회담에서도 서양 정치인들은 거의 대부분 민

무늬 또는 작은 무늬 넥타이를 매고 있다. 폭이 넓은 스트라이프는 거의 볼 수 없다.

> 레지멘탈 스트라이프 넥타이를 매려고 할 때는 특정 단체 멤버로 오인되지 않을지 신중하게 생각해 볼 필요가 있다.
>
> — 닛키 스미스

✍ 저자의 어드바이스
넥타이를 잘 모르는 사람은 스트라이프 무늬는 피해야 한다. 특히 영국 또는 한때 영국의 식민지였던 나라에서는 더욱 주의해야 한다.

공식적인 자리에서는 피해야 하는 레지멘탈 스트라이프

댄디한 이탈리아인들은 전후 사정을 잘 알기 때문에 스트라이프 무늬는 피한다. 그들 대부분은 클래식한 작은 무늬를 선호한다.

레지멘탈 클래식 스트라이프가 글로벌 클래식 타이라고 생각하면 안 된다. 만약 그렇다면 '케임브리지 대학교 보트 클럽' 타이도, '메트로폴리탄 경찰' 타이도, '근위보병 제3연대' 타이도, 런던의 '프라이빗 에슬레틱 클럽' 타이도 모두 다 글로벌 스탠더드 타이로 통용되어 버린다.

레지멘탈이 클래식이 될 수 있는 경우는 각각의 클럽에 소속된 영국인들이 그에 해당하는 장소에 그 타이를 매고 갔을 때뿐이다.

레지멘탈(regimental: 연대)의 역사는 영국에서는 확실하게 인식되지만 그것은 그룹을 상징하고 지칭하는 의미를 가질 뿐이며 일반적으로 모던 클래식 범주에는 들어가지 않는다.

잘 모르고 그들을 흉내 내는 것만으로 결코 글로벌 스탠더드가 될 수는 없다. 공식 석상에서 레지멘탈 타이를 매는 일은 영국인만의 특권이다.

그런데 모든 스트라이프 타이가 다 클래식하지 않다는 건 아니다. 프랑스의 시라크 대통령이 가끔 매던 가느다란 패턴이 반복되고 색의 배분을 억제한 스트라이프는 드레시한 타이다. 프랑스인들은 대개 가는 줄의 스트라이프를 좋아한다. 그러나 영국 왕실의 멋쟁이들이 국제적인 자리에서 스트라이프를 매고 있는 모습은 본 적이 없다. **레지멘탈 스트라이프는 공식적인 자리에서는 피해야 한다.**

그것은 다음과 같은 세 가지 이유 때문이다.

① 현재는 레지멘탈이 스트라이프의 대명사처럼 쓰이고 있고 서양이들도 스트라이프 타이를 레지멘탈이라고 부르고 있는 점.
② 폭넓은 스트라이프의 폭이 얼마나 넓어야 하는지 분명하지 않은 점.
③ 레지멘탈의 색 조합이 무수하게 많아서 실수하기 쉬운 점.

중요한 점이 또 있다. 스트라이프가 왼쪽 위(왼쪽 어깨)에서 오른쪽 아래로 내려가는 경우는 전통적인 영국식 스타일, 스트라이프가 반대로 흐르는 스타일은 '리버스'라고 하여 일반적으로 미국 스타일이다.

그런 건(레지멘탈 타이) 영국 상류계급의 무엇 하나 부족한 게 없는 집 자식들이 하는 것이에요.

　　　　　— 미국 TV 드라마 '대통령을 만드는 사람들'의 대사 중에서✦

✎ 저자의 어드바이스

속설에 속아서는 안 된다. 각 나라의 서로 다른 사정을 고려해야 한다. 일본인이 넥타이에 친숙해진 것은 서양보다 훨씬 뒤의 일이다. 서양에서는 걸음마를 하기 시작하면 넥타이를 매고 교회에 가고, 일본에서는 회사에 출근하기 시작하면서 처음으로 넥타이를 맨다.

올바른 넥타이 길이

넥타이는 무늬보다 길이를 먼저 정해야 한다. 일본의 전통적인 넥타이 길이는 138센티미터이며 최근에 겨우 140센티미터 넘는 길이의 넥타이가 등장했다.

미국에는 어린이용을 제외하고 138~150센티미터 정도까지 길이가 준비되어 있다. 영국이나 이탈리아의 표준 길이는 146~148센티미터인데 160센티미터 넘는 것도 있다. 160센티미터 길이는 키 큰 사람용일 뿐만 아니라 공들인 매듭을 만들기 위한 사람들을 위한 것이기도 하다. 사실 긴 넥타이는 대개 매듭이 빳빳해지지 않도록 하

✦ 위 대사는 황색과 감색 스트라이프 무늬 넥타이를 맨 대통령 후보인 상원의원이 애인에게 혼나는 장면에서 나오는 대사다. 특히 황색과 감색이 조합된 스트라이프 무늬는 영국에서 왕세자의 근위 연대를 비롯하여 스트라이프의 넓이를 바꾸어가면서 여러 집단에서 사용하는 색 조합이다.

기 위해 얇은 소재를 사용한다.

조금이라도 공들인 매듭을 하려면 138센티미터는 확실히 너무 짧다. 키가 170센티미터인 사람이 가장 간단한 매듭(싱글 노트)을 하면 넥타이의 대검(폭이 넓은 부분)과 소검(폭이 좁은 부분)의 폭 차이가 2센티미터 정도이고 길이는 벨트에 닿을까 말까 할 정도에 지나지 않게 된다.

일본의 넥타이가 138센티미터밖에 안 되는 이유는 바이어스 컷(비스듬한 재단)으로 45도로 재단할 때 그 길이가 가장 낭비가 없기 때문이다. 50센티미터 폭의 소재를 바이어스 컷으로 재단해서 가장 효율적인 숫자를 찾아가면 138센티미터 정도다. 생산 효율을 우선하고 고객의 편의성은 무시한 처사다.

이탈리아에서는 140센티미터와 70센티미터 폭에서 바이어스 컷한다. 넥타이에 필요한 길이는 고객에 따라 다르기 때문에 여러 가지 다양한 매듭을 고려한 것이다. 길이는 고객 서비스의 일환이다.

키가 175센티미터 정도 되는 사람이 138센티미터 길이의 타이를 윈저 노트로 매면 틀림없이 너무 짧아서 깡총해진다.

넥타이의 이상적인 길이는 타이 스페이스(셔츠 칼라 사이의 역V자 부분)의 맨 위에서 벨트 아래까지 길이의 2배에 목둘레 길이를 더한 것이다. 그리고 그 길이에 싱글 노트로 매듭 지을 경우에 필요한 길이 11센티미터, 더블 노트라면 22센티미터를 더한다. 가령 키 170센티미터라면 타이 스페이스에서 밑위가 약간 깊은 바지의 웨이스트까지 길이는 짧게 보아도 43센티미터, 2배인 86센티미터, 그 숫자에 평균적인 목둘레 사이즈인 38센티미터를 더하고 클래식한 매듭인 더블 노트에 필요한 22센티미터를 더하면 합계 146센티미터, 윈저

올바른 넥타이 길이는 웨이스트라인까지.
벨트를 하는 사람은 벨트 위에 대검 끝이 살짝 걸릴 정도로.
짧은 넥타이는 궁상스러워 보이고 너무 긴 넥타이는 칠칠치 못해 보인다.

노트라면 여기서 몇 센티미터가 더 필요하다.

일본인은 생산 효율을 높이는 데 탁월하다. 그러나 생산 효율을 우선하기 때문에 별로 깊이 생각하지 않고 마음대로 변형시키는 습성이 있다. 특히 외국에서 수입된 물건에 대해 더 그렇다. 변형해도 좋지만 때로는 그 물건 자체가 갖추어야 할 본질까지 왜곡시키니까 문제가 생긴다. 넥타이 길이가 그 좋은 사례다.

모든 의복에는 사이즈가 있다. 인체에 크고 작음이 있기 때문이다. 사람이 몸에 걸치는 물건 중에서 사이즈가 미리 정해져 있는 것은 일본의 넥타이뿐이다. 행커치프조차 여러 크기가 있다.

정부 해당 부처가 넥타이 메이커를 감독해야 한다. 이탈리아와 영국에서 현지 생산 넥타이를 사서 일본의 넥타이와 비교해 보면 일본 것이 얼마나 짧은지 알 수 있다.

일본 넥타이에 사이즈가 없다는 사실을 철저하게 따져 봐야 한다. 무늬만 다양하면 뭐하나. 짧은 넥타이만 파는 넥타이 매장은 신용하면 안 된다.

넥타이는 미국처럼 138센티미터에서 150센티미터까지 센티미터 단위로 길이를 다양하게 구비해 놓고 고객에게 제공해야 한다.

외국에서 브랜드만 들여온 라이선스 제품도 길이 면에서는 신뢰할 수 없다. 일본에서 생산하는 제품은 생산의 효율을 위해 길이를 조절했을 가능성이 크기 때문이다.

고객에게 넥타이의 무늬만 강조하는 점원이 있는 넥타이 매장은 믿을 수 없다. 넥타이는 포장지가 아니다. 고객의 편의성을 생각해야 한다. 점원은 고객의 키를 보고 넥타이 길이를 추천하는 지혜를 갖추어야 한다. 물건을 사용할 고객의 사정을 고려하는 일. 이것은 물건을 만드는 사람과 물건을 파는 사람이 해야 할 기본적인 서비스다.

넥타이 폭은 수트 스타일의 변화에 따라 몇 년에 한 번씩 변한다. 폭이란 일반적으로 대검의 가장 폭이 넓은 부분이다.

넥타이 폭은 수트의 라펠 폭과 연동하는 경우가 많은데 클래식 수트는 디자이너 수트처럼 라펠 폭에 큰 변화가 없으므로 자신에게 가장 맞는 폭을 정해 두면 좋다.

우아해 보이려면 폭 넓이 9~9.5센티미터가 가장 좋다.

일본 넥타이 가게는 고객을 위해서 주문 제작 시스템을 도입해야 한다. 유럽에서는 옛날부터 맞춤 전문 넥타이 가게가 있다.

세계에 단 하나뿐인 넥타이를 목에 매는 사람이 댄디한 사람이다.

이탈리아에서는 목둘레 부분, 소검 부분 폭, 폭이 넓은 부분에서 좁은 부분에 이르는 아치까지 지정해서 주문하는 고객도 있다. 그런 세세한 숫자가 바뀌면 매듭이 미묘하게 달라진다. 세계에서 단 한 사람만이 하는 매듭을 하고 만족하는 사람이 진정한 댄디다.

자신이 좋아하는 매듭으로 느슨하게 매고 대검과 소검의 차이는 2센티미터까지, 길이는 웨이스트(벨트 부분)에 여유 있게 닿을 정도. 이 길이가 가장 올바른 길이다.

대부분 사람들은 매일 똑같은 매듭을 할 것이다. 일본인의 평균 신장을 생각하면 넥타이 길이는 143~144센티미터 정도가 적당하다.

한 번 더 말한다. 138센티미터 넥타이는 너무 짧다. 단 하나의 사이즈만 주류인 현실은 일본 어패럴 업계의 후진성을 보여준다.

올바른 넥타이를 선택하려면 다음 순서로 하면 틀림없다.

① 길이 → ② 폭(가장 넓은 대검 부분) → ③ 무늬

좋은 제품을 고르는 네 가지 포인트

길이와 폭만큼 중요한 것이 만듦새다. 넥타이를 얼마나 꼼꼼하게 만들었는지는 다음 단계를 통해 확인할 수 있다.

① 대검 끝을 확인한다. 삼각형 끝을 안쪽으로 접는다. 안쪽 삼각형 부분에 정확히 일치하면 그 넥타이는 45도의 올바른 바이어스 컷으로 재단된 것이다. 올바른 바이어스로 원단이 재단된 넥타이는 매듭이 아름답게 보이고 뒤틀리지 않는다. 엉터리 넥타이는 삼각형을 겹쳤을 때 서로 어긋난다.

② 넥타이 대검을 손으로 세게 쥔 다음 주름이 펴지는지 확인한다. 고품질 넥타이의 특징은 주름이 잘 생기지 않고, 주름이 가도 잘 펴진다. 소재 복원력이 우수하다는 증거다. 싸구려 얇은 실크는 쥐면 금방 주름이 생기고 원래대로 돌아가기 어렵다,

③ 소검 안쪽 끝을 가볍게 쥐고 흔들어 본다. 고품질의 넥타이는 거의 뒤틀리지 않는다. 실의 밀도가 높고 그만큼 꼼꼼하게 가공되었기 때문이다. 소재가 안 좋은 넥타이는 목둘레에 세세한 뒤틀림이 생긴다. 정확한 치수로 재단되지 않았다는 증거다.

④ 넥타이 대검 후면을 펼쳤을 때 그 안쪽에 보이는 검은 실(슬립 스티치)을 당겨서 넥타이에 주름이 잡히는지 확인한다. 실은 넥타이의 복원력을 높이기 위한 것으로서 실의 움직임에 따라서 넥타이에 주름이 생기면 그 넥타이는 고품질이다.

〈넥타이 고르는 포인트 1〉

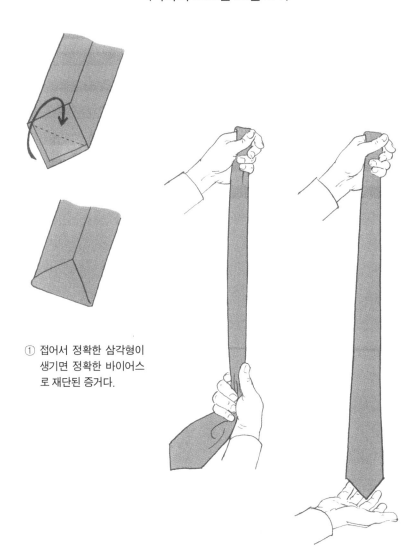

① 접어서 정확한 삼각형이
   생기면 정확한 바이어스
   로 재단된 증거다.

② 고품질 실크는 아무리 세게 쥐어도 주름
   이 금방 없어진다.

〈넥타이 고르는 포인트 2〉

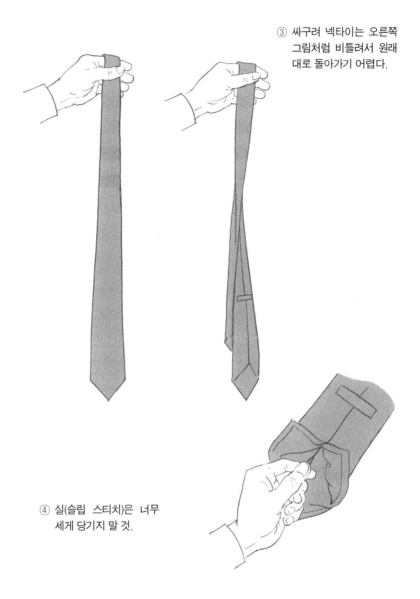

③ 싸구려 넥타이는 오른쪽
  그림처럼 비틀려서 원래
  대로 돌아가기 어렵다.

④ 실(슬립 스티치)은 너무
  세게 당기지 말 것.

넥타이는 이익률이 높은데다 장소를 차지하지 않기 때문에 남성 매장에 많이 진열되어 있다. 숫자에 현혹되면 안 된다. 대개 이 중에서 정말로 좋은 품질의 타이는 3분의 1도 안 된다.

숫자가 많으면 반드시 조잡한 물건이 섞인다. 이것은 역사의 법칙이다. 선택은 신중하게, 무늬에만 신경 쓰지 말 것. 이것이 기본이다.

넥타이는 그것을 매고 있는 사람보다 한 발자국 먼저 방에 들어간다.

— 허디 제임스 경

✎ **저자의 어드바이스**
넥타이를 고르는 기준은 소재, 품질, 길이, 무늬라는 네 가지 요소가 필수다. 무늬만 우선해서 고르는 사람은 바가지 쓰는 것이다.

2배의 실크를 사용해서 2배 오래 가는 타이

가장 클래식한 넥타이는 겉감과 안감 모두 같은 실크로 만든 넥타이다. 보통 안감은 그저 안감에 지나지 않지만, 안팎이 같은 실크로 만든 넥타이가 클래식 스타일이며 최근에는 기성품 시장에도 나오기 시작했다.

반세기 정도 전의 제작 방식을 그대로 이어받은 것으로서 대부분은 이탈리아 수제품이다.

맞춤 제작 방식은 보통 넥타이의 2배 이상 실크를 사용한다. 대검 안쪽을 다섯 번 또는 일곱 번 접어서 가공해서 꼼꼼하게 만들어서 장식품으로서 넥타이의 최고 완성도를 갖춘다.

일본에서 살 수 있는 가격은 2만 5천 엔 정도. 수명이 보통 타이의 2배 이상 오래 간다. 실크 소재도 매우 고품질이다. 옛날 실크는 전부 고품질이다. 고품질 실크가 아니면 그 정도로 꼼꼼하게 만들기 어렵다.

고품질 넥타이는 안쪽과 바깥쪽에 같은 실크를 쓴다. 보통보다 2배 더 많은 실크를 쓴다.

3. 넥타이 손질

실크는 클리닝 하면 광택이 사라진다

넥타이는 땀이 묻거나 얼룩이 지기 쉽기 때문에 클리닝 맡기는 사람이 많지만 실크 타이는 클리닝을 피해야 한다.

실크는 씻으면 씻을수록 광택이 조금씩 사라진다. 실크는 천연소재 중에서도 가장 자연스러운 멋이 있으며 때깔이 좋고 염색도 매우 뛰어나게 잘 된다.

넥타이는 비교적 천의 면적이 작아서 얼핏 보아서는 클리닝 전후의 차이를 알 수 없지만, 면적이 큰 무지의 진한 색 실크 제품으로 확인해 보면 클리닝 뒤에 광택이 줄어들었다는 사실을 확실히 알 수 있다. 특히 클래식 타이는 바탕색이 감색인 경우가 많으므로 바탕색의 광택이 줄어들면 치명적이다.

실크는 모든 섬유 중에서 가장 색상이 아름답지만 결점도 많다.

태양광선에 약하고, 변색하기 쉽고, 발수성이 없고 좀이 잘 먹는다.

보통 천연섬유라도 대부분은 물기에 강하지만 실크는 그렇지 않다. 특히 미묘한 색상의 타이는 클리닝을 맡기면 안 된다. 땀이 묻는다고 해도 목 주변뿐이다. 보이지 않는 목 주변을 위해서 전체 광택을 희생시킬 이유는 없다.

클리닝은 얼룩을 뺄 때만 맡긴다. 시중에 판매되는 얼룩 제거제는 발수성이 없어서 반드시 얼룩을 더 퍼지게 한다. 싸구려 실크일수록 결점이 더 뚜렷하게 나타난다. 화려한 원색을 여러 개 겹쳐서 프린트한 얄팍한 프린트 타이가 몇 년 지나면 색이 바래지는 이유는 싸구려이기 때문이다.

실크는 다른 넥타이 소재와 달리 감촉과 광택이 생명이다. 조금이라도 감촉이 사라진 실크 넥타이는 바로 버려야 한다. 외제도 마찬가지다. 가격만 비싸고 보기만 좋은 넥타이가 많이 팔리고 있다.

넥타이는 결코 가격과 품질이 비례하지 않는다. 이는 넥타이를 선택할 때 중요한 사항이다.

> 부드럽지 않은 실크는 인간의 머리카락에 비유하자면 너무 여러 번 염색해서 광택이 사라진 머리카락과 같아요. 단단하고 끝이 닳아 있어요.
>
> — 앨런 플러서

✑ 저자의 어드바이스
클리닝 맡길 수밖에 없을 때는 맡기기 전의 감촉과 광택을 잘 기억해 둔다. 돌아온 넥타이가 맡기기 전의 그것과 달라졌다는 사실을 대번에 알아차릴 것이다.

넥타이는 걸지 않고 둥글게 말아 둔다

넥타이의 주름을 없애려면 걸지 말고 둥글게 만다. 둘로 접어서 가볍게 말아서 원통형으로 만들어서 하룻밤 둔다. 고품질 실크는 그렇게 하면 주름이 사라진다.

보관 방법도 마찬가지다. 공간이 있다면 서랍장에 원통형 그대로 놓는다.

매장에서도 이전에는 옷걸이에 걸어 두었지만 최근에는 둥글게 해 놓는 경우가 많다. 이것이 넥타이를 상하지 않게 하는 방법이다.

옷걸이에 걸면 건 방향으로 주름이 잡혀서 잘 사라지지 않는다.

넥타이를 목에서 풀 때는 아무리 급해도 절대 세게 당기지 마라. 이것이 기본이다. 실이 풀려 버리면 아마추어들은 원래대로 복원하기 불가능하다.

다림질은 가능하면 피해야 한다. 다림질은 넥타이의 입체감을 크게 손상시킨다.

> 다리미는 결코 밀면 안 된다. 다리미 자체의 무게가 소재를 고르게 할 때까지 그저 기다려라. 이것이 중요하다.
>
> — 케키노 폰티콜리✛

🖋 **저자의 어드바이스**
천연섬유를 손질할 때 필요 이상의 인공적인 힘을 가하지 마라. 이건 매우 중요한 일이다.

✛ '프리오니 로만 스타일'의 마스터 테일러. 제임스 본드(피어스 브로스넌)의 클래식 수트를 제작했다.

셔츠 소재와 달리 넥타이 소재는 처음부터 비스듬히 45도로 재단하고 대검 부분에는 심지와 실크 소재가 섬세하게 붙어 있다. 다리미로 밀면 그 부분이 무너져 심지와 실크가 만드는 입체가 사라진다.

넥타이가 편평하다고 느꼈다면 다리미로 밀었기 때문이다. 넥타이는 항상 가슴 부분에 풍성하게 입체적으로 살아 있어야 하며, 납작한 넥타이만큼 보기 흉한 것은 없다. 편평해진 넥타이는 결코 원래로 돌아가지 않는다. 그냥 버려야 한다.

다림질을 꼭 하겠다면 주름이 생기기 쉬운 목 근처만 하라. 이때도 결코 밀지 말고 스팀으로 가볍게 누르기만 하면 충분하다.

바이어스 컷은 원래 소재에 큰 부담을 주는 재단 방식이다.

실크 타이는 실이 풀리기 쉽다. 실이 삐져나왔다고 해서 가위로 커트하면 안 된다. 가위로 자르면 실 분자가 복원돼서 다시 실이 삐져나온다. 실이 풀렸을 때는 라이터 불로 실을 지지는 게 가장 효과적이다.

덧붙여 말하면 넥타이뿐만 아니라 옷매무새가 흐트러지면 입은 사람의 정체가 폭로된다. 와이셔츠 앞면의 맨 윗단추, 소맷부리 단추, 바지 뒤 포켓을 정기적으로 점검해야 한다. 이 세 군데가 가장 흐트러지기 쉽다.

실밥이 풀리는 건 하나의 불상사이며, 얼룩은 악덕 중의 하나다.
— 발자크

🖋 **저자의 어드바이스**
일본 비즈니스맨 중에는 옷이 아니라 불상사를 입고 다니는 사람이 있다.

주름을 펼 때뿐 아니라 평소에
보관할 때도 둥글게 말아 두면
주름이 잡히지 않는다. 걸어 두
면 거는 방향으로 주름이 생겨서
없어지지 않는다.

4. 클래식한 매듭

윈저 노트가 탄생한 배경

현대의 모던 클래식한 넥타이 매듭은 더블 노트다.

더블 노트는 대검을 목에서 소검에 2번 감고 조여서 만든다. 많은 사람들은 클래식 매듭으로 윈저 노트를 든다. 윈저 노트는 넥타이 매듭 방식 중에서 확실히 노트의 프로포션이 가장 잘 정돈되는 방식이다. 그러나 그것이 현대에 맞는지는 또 다른 차원에서 생각해 봐야 한다.

현대 넥타이 소재는 윈저 공이 살아 있던 시절의 넥타이 소재에 비해 훨씬 더 섬세해졌기 때문이다.

당시 소재는 지금 시대의 것보다 2배 가까이 무거웠으며 심지도 단단했다. 나사(오버코트 등 양복감으로 널리 활용되는 양털로 짠 두툼한 방모 직물 – 옮긴이)라는 수트 소재와 똑같은 소재다. 셔츠 소재도 지금처럼 섬세하지 않았다.

수트, 셔츠, 넥타이의 소재가 모두 섬세해진 지금은 윈저 노트 방식이 모던 클래식을 대표한다고 말하기 어렵다.

거친 트위드와 캐시미어 소재의 재킷, 눈이 성긴 코튼 셔츠에다 코디네이트 한다면 모를까 섬세한 울 수트, 호수가 높은(더욱 가는 실로 만든) 셔츠에는 맞추기 힘들다.

역삼각형 윈저 노트에 코디네이트 가능한 셔츠 칼라는 기본적으로 와이드 칼라에 한정된다. 수트 라펠도 1930~1950년대처럼 폭이 넓은 것이라야 어울린다. 윈저 노트가 등장한 시대의 복장 환경은 모두가 그에 맞게 구성되어 있었던 것이다.

그 매듭 방식이 창출하는 프로포션이 그 시대 남성 옷의 정통성에 맞아떨어졌고 또 그 방식과 코디네이트 할 수 있는 소재가 있었기에 그 당시 윈저 노트가 탄생한 것이다.

'윈저 노트?'

— 알 파치노✛

✎ 저자의 어드바이스
미국인 중에는 레이건 전 대통령이 하는 윈저 노트가 가장 단정한 매듭이라고 아직도 믿어 의심치 않는 사람들이 있다.

✛ 할리우드 스타. 위의 '윈저 노트?'라는 대사는 영화 '여인의 향기'에 나오는 알 파치노의 대사다. 알 파치노가 연기하는 시각장애를 가진 퇴역 군인이 아르바이트로 자신을 도와주는 고등학생에게 자신이 맨 넥타이를 확인시키는 장면이다. 해석을 덧붙이자면 '매듭이 제대로 되었나? 넥타이가 잘 매어졌나?' 정도의 의미다.

미국인은 영국 스타일을 굉장히 좋아한다. 하지만 영국 스타일이 품고 있는 사상까지는 아직 이해하지 못한다. 이것이 미국인의 커다란 특성이다.

윈저 공의 시대에는 수트 소재의 무게로 인해 수트의 프로포션이 갖춰지고 빡빡하게 풀을 먹여서 셔츠의 스타일을 다잡고 단단한 매듭으로 넥타이를 정돈했다. 이에 비해 지금의 모던 클래식은 소재감을 살린 수트 스타일, 풀 안 먹인 셔츠가 기본이다.

모던 클래식은 현대 수트 스타일의 디테일이 그렇듯이 모든 점에서 내추럴이 기본이다.

바른 수트 스타일이라는 의미에서는 두 시대의 사상이 달라지지 않았다. 외견상의 아주 조그만 변화가 있었을 뿐이다. 수트를 단단하게 입느냐, 부드럽고 자연스럽게 입느냐의 차이 뿐이다. 두 시대의 옷 입는 방식의 차이는 소재의 진화에 따른 변화에다 각 시대의 트렌드가 약간 추가된 것에 불과하다.

현대의 엘레강스한 옷차림에는 심플한 더블 노트가 잘 어울린다. 윈저 노트는 목 주변만 너무 딱딱하게 굳어있는 느낌을 줄 수 있다.

더블 노트는 예전부터 기본적인 넥타이 매듭이다. 이 방식은 목에 삼각형이 아니라 오크통 모양을 만든다

오크통 모양은 응용력이 크다. 꽉 조여도 좋고 느슨하게 조여도 좋다는 의미다. 꽉 조이면 오크통이 막대가 되고 느슨하게 조이면 오크통이 커진다.

이탈리아 사람들은 더블 노트를 일부러 느슨하게 조여서 가슴에 틈을 만든다. 수트 스타일이 너무 정돈되어 있어서 굵은 오크통 모양으로 자연스러운 느낌을 내려는 의도다. 집안이 너무 정돈돼 있으

면 긴장을 풀 곳이 없어지는 것과 마찬가지다. 복장의 어딘가를 드레스 다운하면 자기도 다른 사람도 마음이 편해진다. 그런 의미에서 넥타이가 가장 드레스 다운 하기 쉽다.

제임스 앵거스 파우는 '이탈리아 사람은 패브릭의 마술사다'라고 말했다.

이탈리아 사람들은 소재감을 살리기 위해 실크가 가진 자연소재의 독특한 부드러움을 더블 노트로 V존에 가져왔다는 것이다.

그들은 모던 클래식의 의미를 잘 알고 있다. 와이드 칼라에 포도처럼 달려 있는 오크통 모양의 매듭은 모던 클래식 스타일에 가장 잘 어울린다.

멋은 옷 자체가 아니라 오히려 옷매무새에서 온다.

— 발자크

🖋 **저자의 어드바이스**
세련된 옷매무새를 하고자 하는 사람은 우선 자신이 어떤 소재를 입고 있는지 생각해 봐야 한다.

소재에 따라 노트를 바꾼다

가장 심플한 싱글 노트는 목 주변이 좀 초라하게 보인다. 노트가 초라해 보이면 그 사람의 전체 인상도 그렇게 보인다. 어쨌든 실크 소재 넥타이의 매듭을 싱글 노트로 하면 역동성이 부족해 보인다.

원래 싱글 노트는 랄프 로렌이 넥타이의 폭을 넓히기 이전의 매듭 방식이다. 수트 라펠이 아주 좁았을 당시 마치 끈처럼 얇았던 넥타이 시대의 산물이다. 이 방식은 클래식 스타일에는 필수적인 소재인 실크 타이에는 맞지 않는다. 두터운 캐시미어나 니트 타이를 자연스럽게 맨다면 모를까 델리케이트한 소재에는 어울리지 않는다.

싱글 노트가 어울리는 넥타이는 대검 부분을 부풀린 디자이너스 넥타이다. 매듭을 작게 해서 대검 부분을 눈에 띄게 만들려는 게 그들의 목적이다. 싱글 노트와 더블 노트는 각각에 담긴 생각이 처음부터 서로 달랐다. 윈저 노트도 마찬가지다.

더블 노트에 한 번 더 감은 트리플 노트도 클래식 스타일이다.

트리플 노트는 안감이 없이 한 장의 천으로 만든 얇은 타이나 심지 없는 모던 클래식 타이에 잘 어울린다. 모던 클래식 타이는 대개 길이가 150센티미터 가까이 된다. 트리플로 감으면 떨어지는 느낌도 딱 좋아진다.

단, 노트를 너무 부풀리면 러프한 인상을 준다. 노트의 기본은 넥타이 소재에 달렸다. 노트가 자연스럽게 보이지 않는 이유는 노트와 소재의 궁합이 맞지 않기 때문이다. 노트와 소재의 궁합이 나쁘면 셔츠와 재킷의 코디네이트가 제대로 되지 않는다.

궁합이 나쁠 때는 그 소재에 맞는 매듭을 시도해 보자. 어울리는

지, 어울리는지 아닌지 생각하기 전에 노트와 소재의 궁합을 찾아내라. 노트와 소재의 궁합이 맞으면 평소에 하지 않던 매듭이라도 그 사람에게 어울리게 된다. 처음부터 이 노트는 자신에게 맞지 않는다고 단정할 필요는 없다. 평소부터 몇 종류의 노트를 번갈아 매어 보는 습관을 들이자.

소재에 따라서는 윈저 노트가 잘 어울릴 경우도 있다.

윈저 노트로 맬 때는 대칭적인 역삼각형이 아니라 약간 가늘고 긴 역삼각형을 만드는 편이 엘레강스하다. 영국 왕실의 에딘버러 공작(필립 공)이 좋아했던 프로포션이다.

볼륨감과 입체감만 표현할 수 있다면 노트는 오크통도 삼각형도 좋으나 넥타이 무늬를 너무 신경 쓰면 안 된다. 윈저 노트는 약간 복잡한 매듭이기 때문에 소재의 색이 무지 또는 눈에 띄지 않는 자잘한 무늬가 더 잘 어울린다.

목 주변을 단정하게 하기 위해서는 적어도 더블, 트리플, 윈저 노트 세 종류를 넥타이 소재와 전체적인 코디네이트에 맞게 시도해 보아야 한다.

매일 아침 매듭을 바꿔가면서 거울을 보면서 확인하는 작업도 중요하다.

어떤 매듭이라도 타이 스페이스에 결코 빈틈이 보이지 않도록 할 것. 이것도 기본이다.

〈윈저 노트로 매는 법〉

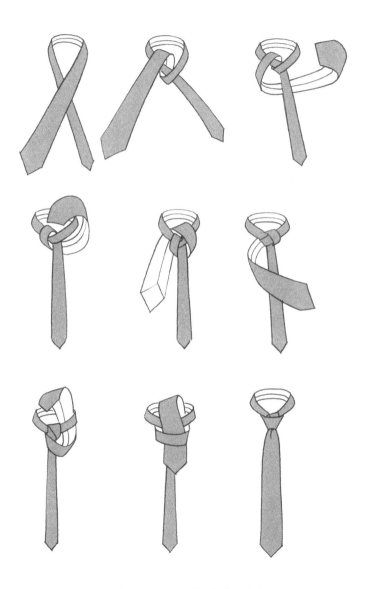

윈저 노트는 트위드 재킷에 잘 어울린다.

〈하프 윈저 노트로 매는 법〉

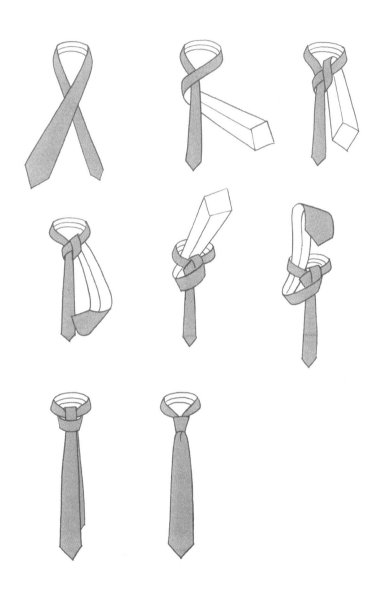

하프 윈저 노트는 꽉 조이는 게 좋다.

〈더블 노트로 매는 법〉

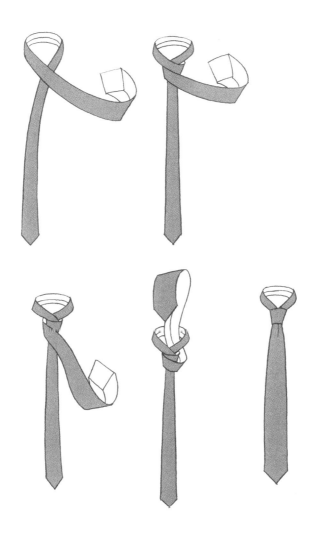

더블 노트는 단단히 조여도 좋고, 느슨하게 조여도 좋다.
매듭이 너무 커지지 않도록 매듭 지은 다음에 좌우를 눌러서
장방형에 가까운 오크통 모양으로 만든다.

〈트리플 노트로 매는 법〉

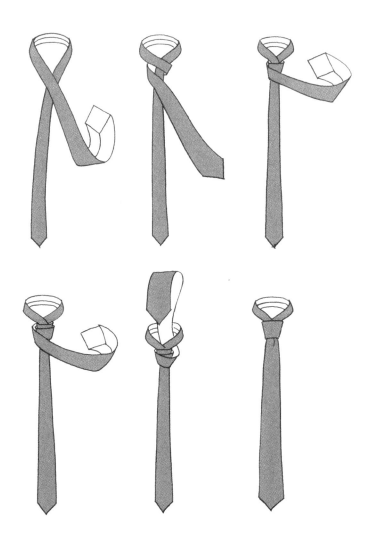

트리플 노트 매듭을 하는 넥타이의 조건은 길이가 150센티미터 정도는 될 것,
실크 소재가 고품질이며 심지가 얇을 것.

무리하게 딤플을 만들 필요는 없다

넥타이를 맸을 때 매듭 밑에 생기는 보조개가 딤플이다. 딤플은 넥타이에 입체감을 만든다.

맸을 때 자연스럽게 보조개가 생기는 타이는 고품질의 실크다. 생기지 않는다고 질이 안 좋다는 의미는 아니다. 소재와 심지에 따라 보조개가 생기기 어려운 넥타이도 있다.

보조개가 안 나오는 타이는 보조개를 만들어 주면 되지만 보조개가 생기기 어려운 타이에 억지로 보조개를 만들 필요는 없다. 보조개 아랫부분이 둘로 갈라져서 넥타이가 매우 초라해 보이고 만다.

보조개는 클래식한 표현과는 아무 관계가 없다. 다만 입체감이 없는 옷차림에 약간 입체감을 주고, 별로 질이 좋지 않은 넥타이에 약간 고품질감을 주는 효과는 있다.

딤플을 가장 잘 만든 사람은 UN 사무총장이었던 코피 아난이다.

도트는 인류 최초의 예술이다

윈저 공 시대부터 변하지 않는 가장 오랜 클래식 타이 무늬는 도트(물방울무늬)다. 도트는 점(스팟)이라는 의미이며 스트라이프나 체크와 더불어 예부터 의복의 무늬로 사용되었다.

도트는 인류 최초의 예술이다. 한 장의 하얀 돌 판에 재가 떨어지면서 인간의 도트의 아름다움을 알게 되었다. 몇천 년 전에 생긴 일이다.

〈딤플 만드는 법〉

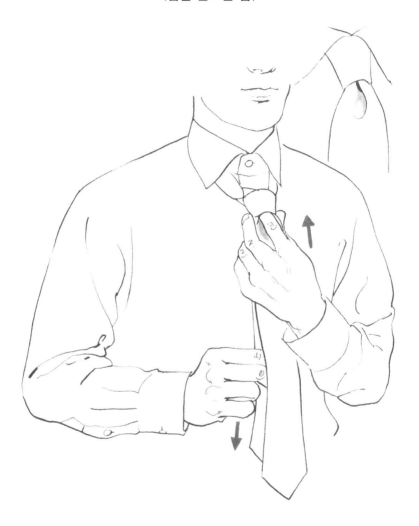

딤플을 억지로 만들지 말 것.
자연스러운 보조개가 가장 아름답다.
보조개가 크면 클수록 흉해지니까 주의한다.

최근에는 디자이너들이 이 도트를 모티브로 많이 활용하고 있다.

물방울 모양은 유서 깊은 무늬이기 때문에 전통적으로 넥타이에 많이 사용했다. 감색 바탕에 흰 도트 무늬 넥타이는 짙은 색 무지와 더불어 상당히 포멀하다.

도트가 작으면 작을수록 드레시한 이미지를 준다. 넥타이 무늬로 쓰는 도트 무늬 가운데 가장 작은 도트 무늬는 직경 1밀리미터 정도의 무늬다. 핀 도트는 핀으로 꽂은 흔적이라는 의미이고, 동전에 가까운 크기의 도트는 코인 도트라 부른다. 핀 도트와 코인 도트의 중간 크기는 폴카 도트라 하는데 옷 소재에 자주 활용된다.

넥타이에 사용되는 도트는 원 모양으로 같은 간격의 대칭 배열이라야 한다. 너무 빡빡하게 배열된 샤워 도트라는 이름의 도트 무늬도 클래식과 멀다.

제2장에서 언급한 클래식한 다크 수트에다 흰색이나 푸른 무지 천의 와이드 스프레드 칼라 셔츠를 입고, 검은 스트레이트 팁 구두를 신고, 감색 바탕에 흰 핀 도트 넥타이를 코디네이트 한다면 세계 어느 파티에서라도 통용된다. 처음에 자신이 없더라도 이 스타일로 당당하게 활보하다 보면 없던 자신감도 생긴다.

단, 주최 측에서 복장 지정을 하는 행사는 다르다. 복장 지정이란 예를 들어 '블랙 타이(턱시도 착용)' 같은 지정을 말한다. 예복(연미복과 모닝), 준예복(턱시도와 블랙 라운지 수트)을 제외하면 위와 같은 코디네이트가 지금 현재 시점에서 생각할 수 있는 남성의 가장 우아하고 엘레강스한 스타일이다.

매우 클래식하고 품질 좋은 물건을 꼼꼼히 골라서 손에 넣는다면 자신이 가지고 있는 옷들이 매우 산뜻해졌다는 것을 느낄 수 있을 것입니다.

— 캐서린 밀리네어/캐롤 트로이

🖎 저자의 어드바이스

매 시즌마다 수트와 타이를 찾아 다니는 일은 어리석은 일이다. 클래식을 표현하는 물건만을 고른다면 스타일은 저절로 클래식해진다. 무엇이든 목적을 가지는 것이 중요하다.

제 5 장

양말

Hose

1. 양말이란 무엇인가

일본에 고품질의 엘레강스한 양말이 없는 이유

양말은 일반적으로 말해서 발과 다리 일부를 덮는 니트 의류를 의미한다. 일본어의 구츠(구두)는 한국어의 구두에서 유래되었을 거라고『일본어원 사전』(호리베 레이지 편/도쿄도 출판)에 나와 있다. 일본어로 양말을 뜻하는 말인 구츠시타[신발을 뜻하는 구츠(靴)와 아래를 뜻하는 시타(下)를 합친 말 ― 옮긴이]는 문자 그대로 구두 아래 신는다는 뜻에서 생겨났다.

하지만 서양에서는 '양말'이란 단어에 '구두'를 뜻하는 단어가 포함되지 않는다. 영어로는 긴 양말을 스타킹(stocking) 또는 호스(hose), 짧은 양말을 삭스(socks), 독일어로는 긴 양말을 슈트롬프(strumpf), 짧은 양말을 조케(socke)라고 한다. 모두 구두와는 관계없는 호칭이다. 영국의 호제리(hosiery)라는 단어는 양말을 포함한 직조물 전체

남자가 클래식 스타일로 입고자 할 때, 검은색이나 감색 이외의
양말을 신는 일은 절대로 해서는 안 될 일이다.

— 프랑코 미누치✝

☙ 저자의 어드바이스

세계 최악의 코디는 클래식 수트를 입고 하얀 면 양말을 신는 것이다. 캘
리포니아 주지사를 지냈고 일본에도 온 적이 있는 아놀드 슈워제네거는
그 스타일로 팬들에게 애교를 부렸다.

를 말한다.

일본어로 남성용 내복을 의미하는 즈봉시타(바지 안)라는 단어도
웃기지만 구츠시타(구두 안)라는 호칭은 정말 안이한 발상이다. 이
단어는 양말이 놓인 처지를 단적으로 표현한다. 즈봉시타는 그렇다
치자. 양말은 구두 안의 속옷이 아니지 않은가.

원래 양말을 독립된 아이템이 아니라 구두와 한 세트로 생각했기
때문에 '구두 안'이라는 묘한 이름이 붙은 게 아닐까. 더 우스운 건
양말을 구두 버선이라고 부르던 시대도 있었다는 사실이다.

양말은 구두가 있으므로 존재한다는 생각은 잘못된 생각이다. 이
탈리아 사람들 가운데는 여름에 맨발에 몽크 스트랩 구두나 로퍼를
신는 사람이 많다. 구두와 양말은 각각 독립된 아이템이다.

일본 남자들은 양말을 신을 때 멋을 내기 위한 패션으로서가 아니
라 무좀이나 발 냄새를 막아주는 기능을 우선 고려하는 게 아닐까.
일본에서는 긴 세월 동안 양말과 구두가 한 세트라는 인식이 있었기

✝ 클래식 수트로 유명한 피렌체의 '타이 유어 타이'의 전 오너.

때문에 양말이 발을 치장하는 역할을 한다는 사실을 업신여겨왔던 것은 아닐까.

양말이 '구두 안'이라는 이름을 가지고 있는 한 언제까지고 구두 안에 숨어 있어야 한다. 일본 남자들에게 '바지 안'과 마찬가지로 '구두 안'은 매우 비참한 존재였다.

19세기 영국에서는 클래식한 고품질의 호즈를 만들고 있었던 양말 제조업자가 싸구려 메리야스로 양말을 만들어서 호즈라고 이름 붙인 양말 제조업자에게 화가 나서 "호즈라고 부르다니 괘씸하다, 풋 백(발 주머니)이라고 하라"고 국회(하원)에 청원한 적이 있다. 일본의 양말 메이커나 브랜드도 그 정도 식견과 자부심을 가져야 한다.

메리야스란 현대에는 '면사 또는 견사 등으로 신축성 있게 기계로 짠 것'(이와나미 국어사전)이지만 간단히 말하면 '신축성이 좋은 짜서 만든 직물이나 천'이다. 메리야스는 뜨개질한 그물 코가 신축성 있게 커졌다가 작아졌다가 하기 때문에 양말에 가장 적합한 소재였다. 어원은 스페인어 메디아스(medias)다.

일본에서 히트한 상품의 하나로 '통근 쾌족'이라는 이름의 양말이 있는데 이것이야말로 일본에서 양말의 지위가 어떠한가를 상징적으로 말해 준다. 통근 쾌족은 좋은 양말이지만 그 이름대로 결코 멋을 내기 위한 양말은 아니다. 발을 치장한다는 목적이 있었다면 결코 그런 이름을 붙이지 않았을 것이다.

태풍이나 허리케인에 이름 붙이기를 좋아하는 것은 미국인이고 양말이나 셔츠에 이름을 붙이는 것을 좋아하는 것은 일본인이다.

일본 양말 중에 대부분은 방에 들어갔을 때 상사나 종업원에게 망신당하지 않기 위한 아이템에 지나지 않는다. 즉, 양말은 '구두'를 벗고 그 존재가 드러났을 때 주위 사람들에게 망신을 당하거나 폐를 끼치지 않으면 되는 정도의 물건이지 멋을 부리기 위한 패션 아이템은 아니라는 뜻이다.

그런데 이 '배려'가 오히려 양말의 본질을 왜곡시켰다는 사실에 주목해야 한다.

모든 일본인이 다 그렇다고 할 수는 없지만 '배려'와 '눈치'는 일본인이 가진 덕성 가운데 하나다. 그런 덕성이 양말의 본질을 왜곡해왔다는 사실은 일본인이 패션보다 덕성을 우선시해왔다는 것을 보여준다.

그렇지만 패션에는 원래 '예의', '매너'라는 의미도 있다.

즉, 양말은 서양에서는 멋을 내기 위한 독립된 아이템이면서 예의와 매너를 겸하는 수트와도 같은 존재다. 예의와 매너는 자신과 타인을 위해 존재한다.

그러나 일본은 배려와 눈치라는 남을 위한 요소만을 우선시했을 뿐더러 '구두 안'이라는 차별적 이름까지 붙여져 버렸기 때문에 패션이라는 영역에서 영문도 모르게 탈락되어 '내복 하의'와 동일한 지위를 감수해야 할 지경이 된 것이다.

이것이 서양과 일본의 차이다. 이 현상 뒤에는 구두를 벗어야 할일이 많은 일본의 주택 사정도 있다.

덧붙이자면 재킷 안쪽에 소유자의 이름을 새겨 넣는 습관도 일본의 방 문화에서 생겼다. 종업원이 재킷을 맡은 뒤에 고객에게 돌려줄 때 실수해서 다른 사람의 옷과 착각하지 않도록 이름을 새기게되었다. 이는 일종의 명함 같은 것이다.

이 현상은 일본인들이 서로 비슷한 수트를 입고 있다는 증거이기도 하다. 이름을 새긴 양복이 테일러 메이드라는 지위를 나타낸다고 말하는 사람도 있지만 서양에서는 재킷에 이름을 새겨넣지 않는다.

일본에 품질 좋고 엘레강스한 양말이 없는 이유는 이 때문이다. 멋쟁이 일본 남자들은 모두 양말을 고를 때 고생한다. 대부분 발이 작은 일본인에게 유럽제 양말은 너무 크다. 가령 발에 맞다 하더라도 가격이 일본제의 3배 가까이한다. 양말 메이커와 브랜드는 그 사실을 확실히 알아야 한다.

양말은 사람의 피부를 직접 덮는다. 다른 사람의 눈에 띈다. 그러므로 기능이 아니라 넥타이처럼 멋을 위해 존재함이 분명하다.

유럽에서는 구두를 벗는 습관이 없지만 오랜 전통을 가진 양말 전문점이 여럿 있고 클래식 스타일에 맞는 우아한 양말을 많이 팔고 있다. 양말이 남자의 멋을 위한 독립된 패션 아이템이라는 증거다.

일본에서는 남자 양말 전문점은 손가락으로 셀 수 있을 정도로 적고 대다수 고객은 백화점에서 양말을 산다.

스마트하고 드레시한 양말을 찾으려면 상당한 각오가 필요합니다.

— 앨런 플랫서

🖋 **저자의 어드바이스**
일본 백화점에는 양말이라고 할 수도 없는 인공소재로 만든 풋 백이 많이 진열되어 있다.

구두와 양말을 별개로 생각하고
각각 다 멋의 도구라고 생각하자.

서양과 일본의 양말에 대한 사상

클래식하고 올바른 양말을 이해하려면 역사를 조금 거슬러 올라가야 한다.

일본에서는 양말을 무슨 이유인지 삭스(socks)라고 부른다. 삭스는 sock의 복수형이며 어원은 라틴어 소쿠스(socus), 의미는 '뒤꿈치가 낮은 구두'다.

일본 백화점에서는 긴 양말을 하이 삭스라고 한다. 이 말을 직역하면 '높고도(길고도) 짧은 양말'이다. 패션에서 일본식 영어는 자주 이런 오류를 범하는데 업계에서는 고집스럽게 고치려 하지 않는다.

삭스는 짧은 양말임에 틀림없지만 바지가 짧았던 시대의 짧은 양말의 호칭이며 무릎 밑을 덮는 양말을 말한다. 니(무릎) 하이 삭스, 니 삭스 같은 말이 영국과 미국에 남아 있는 까닭이다.

니 삭스는 무릎 밑까지 오는 양말이고, 니 하이 삭스는 스코틀랜드 하이랜드 드레스 밑에 신는 특수한 양말이다.

하이랜드 드레스는 백 파이프를 불면서 행진하는 남자들의 정장이다. 스코틀랜드 북부 하이랜드 지역의 전통적인 민족의상으로서 타탄 체크로 된 남자 허리에 대는 천(스커트가 아니다)으로 알려져 있다. 그런데 이 허리 천을 두른 남자들은 속옷을 입지 않는다. 기본적으로 하반신을 허리 천으로 두르고 니 하이 삭스와 구두만을 신는다.

어느 행사에서 다이애나 전 왕세자비가 헌화할 때 필립 공과 찰스 왕세자는 하이랜드 드레스 차림이었다. 그때 그들이 속옷을 입었는지 안 입었는지는 확실하지는 않다.

현존하는 가장 오래된 양말은 이집트 무덤에서 발견된 4~5세기의

〈스카치 하이랜드 드레스 정장〉

무릎 아래까지 오는 양말이 니 하이 삭스다.

어린이용 양말이다. 당시에는 양말과 구두, 바지의 구분이 뚜렷하지 않았고 구두 같은 양말, 바지 같은 양말 등 일체형이 주류였다.

14세기에 들어와 게르만인들이 하반신 전체를 감싸는 아랫도리에서 발 부분만 잘라내어 현대 양말의 전신인 쇼스를 고안했다.

잘라낸 윗부분은 오 드 쇼스(쇼스 위)로서 훗날 어퍼 스탁으로 불리고, 밑 부분은 파 두 쇼스(쇼스 아래)로서 훗날 네이더 스탁이라고 불리게 되었다. 스탁(stock)이란 줄기라는 뜻이다. 즉 '몸 윗줄기'와 '몸 아랫줄기'라는 의미이다.

다리는 '몸 아랫줄기'다. 줄기, 즉 스탁을 감싸는 것이라는 뜻으로 스타킹이라는 이름이 탄생했다.

스타킹이라는 이름이 세계적으로 정착한 것은 16세기 말 무렵이다. 여왕인 엘리자베스 1세가 신었기 때문에 퍼졌다. 역사가 호엘에 따르면 '몬테규 부인이 검은 실크 양말 한 켤레를 엘리자베스 여왕에게 헌상했고 여왕은 그 후 천으로 만든 양말을 버렸다'.

보라, 너의 실크 스타킹을. 그리고 또 한 켤레 가지고 있지.
네 머리는 엷은 복숭아색 대머리지만
내가 그런 너의 양말 숫자까지 알고 있다는 게 한심하구나.
　　　　　　　— 윌리엄 셰익스피어 「헨리 4세」 제2부 제2막 제2장✢

🪶 **저자의 어드바이스**
영국인은 남녀 관계없이 매우 실크를 좋아하는 인종인데 그것은 그들이 고품질 천연소재의 착용감을 잘 알고 있기 때문이다.

✢　헨리 4세가 방탕아인 포인즈를 야유하는 대사. 당시에는 아무리 방탕아라도 실크 스타킹을 신었다는 사실을 알 수 있다. 영국인의 댄디즘을 엿볼 수 있는 대사다.

그 후 반바지(브리치즈: 무릎까지 오는 부풀어 오른 바지)가 주류가 되었다. 이즈음 바지, 양말, 구두의 역할이 명확하게 구별되고 맨발을 감싸는 아이템인 양말이 탄생했는데 그것을 호즈라고 불렀다. 이러한 역사적 경위에 따라 양말은 남자의 제대로 된 치장을 위한 하나의 아이템으로 자리잡았다.

일본에는 에도시대 말부터 메이지 시대에 걸쳐 양말과 구두가 함께 유입되었고 그 후 양장이 퍼지면서 정착했다. 이것이 서양과 일본에서 양말에 대한 생각이 다른 이유다.

호즈의 어원은 네덜란드어로 '(물 뿌리는) 호스'다. 양말의 원통형이 호스와 닮았기 때문이다. 양말은 어느 시대나 호스와 같은 원통형 모습으로 사람의 발을 감싸왔다.

> 날씨에 관계없이 종아리를 덮는 양말을 신어야 한다. 구두에서
> 다리 위까지 부분, 특히 종아리는 별로 매력적이지 않으므로.
> — 허디 에임스 경

✎ 저자의 어드바이스
양말이란 호스 같은 모양을 하고 사람의 발과 무릎 아래까지 덮는 물건이지 발만 덮는 건 양말이 아니다.

일본에 현존하는 가장 오래된 양말은 초대 쇼군 도쿠가와 이에야스의 손자인 미토 미츠쿠니가 소장한 것으로 추정되는 300년 정도 된 물건이다. 소재는 실크인데 무릎 위까지 오는 긴 양말이며 1960년에 그의 장롱에서 7켤레가 발견되었다. 소재와 시대로 추정하자면 그가 살았던 당시에 동남아에 거점을 두었던 유럽인들이 보낸 것이

거의 틀림없다.

외국인들의 고향은 춥나 보다 메리야스 버선

— 「라쿠요슈」

이 하이쿠는 1673~1681년 사이에 지어졌으며 메리야스가 이미 일반적인 어휘로 정착했다는 것을 나타낸다.

이런 시도 남아 있다.

발이 편하네. 메리야스로 만든 버선 신으니

— 「사루미노」 본쵸

1691년에 지은 하이쿠다. 같은 시기에 유흥업소에 종사하는 여성이 메리야스로 양말을 짜고 있었다는 기술도 남아 있다.

그 후 메리야스 양말은 버선 대용, 장갑, 무사들의 칼자루 주머니, 허리 주머니 등으로 쓰이다가 메이지 유신 시기에 메리야스 기계가 미국에서 들어오고 나서 본격적인 양말 제작이 시작되었다.

「제1회 내국권업박람회 리스트」에 '긴 양말'은 1켤레 출품된 데 비해 '짧은 양말'은 모와 실크 소재 등 5켤레가 기록되어 있는 것을 보면 일본에서는 당시부터 짧은 양말이 주류였던 것 같다.

일본에서 양말이 비약적으로 증가한 것은 군대 수요 때문이었다. 군대 수요는 실용성만 있으므로 군대에서는 주로 구두와 일체형인 양말이 만들어졌다.

미국 듀퐁이 1935년 나일론 소재를 개발하면서 세계적으로 양말의 개념이 변했다. 그것은 그전까지 천연소재로 만든 양말을 멸종시킬 기세로 전세계에 퍼졌다.

　세상을 편리하게 하는 물건, 기능 우선주의적인 물건은 대개 미국이 먼저 생각해낸다. 미국인은 새로운 기능적 소재를 개발하는 일을 매우 좋아한다.

2. 양말의 역할

정강이는 호즈로 가만히 덮는다

지금까지 말한 것과 같은 양말의 역사에서 우리가 파악할 수 있는 것은 다음 두 가지 사실이다.

첫째, 양말은 언제 어느 때나 사람의 맨살을 숨겨왔다는 사실.

둘째, 양말은 항상 구두와 상관관계를 맺어왔다는 사실.

우리는 이 두 가지 사실에서 올바른 클래식 양말의 본질을 꿰뚫어 보아야 한다.

사람의 맨살을 숨겨왔다는 사실은 남자가 제대로 갖춰 입었을 때는 결코, 조금이라도, 하반신을 남들에게 노출시키면 안 된다는 의미다.

지하철이나 버스 안에서 양말과 바지 사이에 매끈매끈한 정강이 또는 흉한 다리털을 노출시키는 사람은 품격이 매우 떨어진다. 서양

옷의 본질은 어디까지나 감싸는 것이다. 감싸는 용도로 재단되었
든 그렇지 않든, 옷은 사람의 사이즈에 맞추어졌으며 사람 몸의
형태를 받아들이고 있다.

— 유지니 르모인 루치오니✦

🖎 저자의 어드바이스

삭스는 클래식 수트 스타일에서는 절대로 피해야 하는 양말이다. 언제 어
느 때 정강이가 노출될지 모르기 때문이다. 남자의 몸은 원래 필요한 부분
만 남기고 포장지처럼 옷으로 꼼꼼하게 아름답게 포장되어 있어야 한다.
그것이 클래식 스타일이다.

에서는 여성들이 그것을 보면 노골적으로 싫은 얼굴을 한다.

헐리우드 배우 중에서 클래식한 스리피스를 입고 다리털을 아무
렇지도 않게 내놓은 사람이 있는데 영화 '심판(The Verdict)'에 나온
폴 뉴먼이다. 더구나 그는 짧은 베스트 밑으로 셔츠도 보이게 하고
있다. 전형적으로 밸런스가 좋지 않은 옷차림이다. 바지의 밑위나
베스트나 둘 중 하나가 짧아서 그렇다.

엘레강스한 옷차림은 쓸데없는 부분을 남에게 보이면 안 된다. 가
장 엘레강스와 멀고 가장 필요 없는 것이 다리털이다.

얇은 소재의 호즈에서 맨살이 비치면 안 되는 이유도 같다.

남자 옷의 역할은 투박한 남자의 몸을 위에서부터 아래까지 조용
히 빈틈없이 감싸는 것이다.

바지 밑으로 다리털이 보이는 것은 그것이 매끈하든 울창하든 속
옷이 보이는 것과 마찬가지로 천박하다. 다리털은 원래 호즈에 조용
히 숨어 있어야 한다. 양말이 긴 이유는 그 때문이다.

클래식한 수트 스타일에서 맨살이 노출되어도 좋은 부분은 목 위와 손뿐이다. 이것은 역사적 법칙이다.

구두와 양말은 항상 상호보완 관계다

둘째로 구두와 양말의 상관관계를 조금 더 깊이 생각해 볼 필요가 있다.

왜냐면 양말은 구두의 속옷이 아니라 어느 시대에서나 주연과 조연의 관계였기 때문이다. 이 역사적이고 친밀한 관계를 이해하지 않으면 양말의 역할이 모호해진다.

구두만 주연이었다는 의미는 아니다. 시대에 따라서 양말이 주연이기도 했고 또 다른 시대에는 구두가 주연이기도 했었다.

상호 보완 관계란 서로 돕는 관계다. 결코 경쟁하지 않고 한쪽이 다른 한쪽을 돋보이게 하는 균형 잡힌 관계다. 시대에 따라 구두가 양말을 돋보이게 하거나 양말이 구두를 돋보이게 하면서 남자의 발치를 가다듬어왔다.

지금 시대처럼 중세 유럽에서도 유행이 반복되었으며 망토(상의) 길이도 그 가운데 하나였다.

유행에 따라 망토의 길이가 달라지면 맨살을 숨기기 위해 호즈 길이도 당연히 달라진다. 당시 호즈는 타이즈식의 긴 양말이었다.

✢ 정신분석학자. 『의복의 정신분석(La robe. Essai psychanalytique sur le vêtement suivi d'un entretien avec André Courrèges)』의 저자.

스타킹은 몸 아래쪽 줄기(stock)를 꼼꼼하게 감싸는 것이다.
짧은 것, 늘어진 것은 양말이라고 하지 않는다.
앉았을 때 남자가 가장 신경 써야 하는 곳이다.

길이뿐만 아니라 호즈 색과 무늬도 끊임없이 변화해왔다.

호즈에 여러 가지 장식을 하던 시대에는 오른쪽은 녹색, 왼쪽은 오렌지색으로 염색한 호즈도 등장했다.

양말이 그렇게 화려해지면 구두는 오히려 심플해진다. 구두와 양말 둘 다 장식이 너무 많아지면 발밑이 아름답지 않기 때문이다.

양말을 녹색이나 오렌지로 데코레이션 하던 시대에는 아주 단순한 무지의 벨벳 구두가 선택되었다. 반대로 단순한 호즈가 유행하던 시대에는 장식으로 치장된 양말이 유행했다.

구두와 양말 사이에서 되풀이되어온 이런 특별한 관계는 남성 복식사에서 양말이 등장하면서 시작된 흔들리지 않는 법칙이다.

18세기에 들어와서 현대와 비슷한 호즈가 생겨나고 나서는 호즈는 조연 역할에 충실하게 되었다. 또 19세기에 긴 바지가 일상화되자 호즈는 단숨에 짧아지고 수수해졌다.

호즈에 장식성이 사라지면 구두가 다시 화려해진다. 승마용 부츠처럼 장식적이 된다. 재킷과 바지 길이의 변화에 따라 양말 길이와 무늬는 몇 세기에 걸쳐 변화해왔다. 이 모두 구두와 균형을 맞추기 위해서다.

이것이 구두와 양말의 상호 보완 관계다. 구두와 양말이 경쟁하면 복장의 균형이 깨지는 이유는 발 주변이 너무 눈에 띄기 때문이다.

오늘날 구두는 가죽 처리와 무두질 가공, 장식 구멍과 끈 구멍, 장식과 스티치 등에 둘러싸여서 그 모양새가 근래에 보기 드물게 화려해졌다.

그럴수록 양말은 오히려 고상하게 무지 또는 무지에 가까운 무늬라야 한다.

결론적으로 현대 양말의 역할로서 다음 네 가지를 들 수 있다.

① 발과 다리의 보호
② 맨살을 다른 사람에게 보이지 않기
③ 맨살을 치장
④ 구두와 함께 발밑을 단정하게 하기

클래식한 스타일을 할 때는 특히 ④가 중요하다,

발밑을 단정하게 한다 함은 구두와 경쟁하지 않고 구두와 잘 조화된다는 뜻이다.

조화를 위해 필요한 일은 품위 있게 구두를 돋보이게 하는 것이지 구두의 속옷 역할을 하는 것이 아니다.

현대의 바지는 길이가 구두까지 닿는다. 양말이 보일락 말락 하는 정도다. 이 보일락 말락 하는 부분까지 세심하게 주의하는 것이 댄디즘이다.

보일락 말락 하는 정도니까 괜찮겠지 생각해서는 안 된다. 소비자의 안이한 생각은 메이커와 브랜드를 게으르게 만든다. 수요가 없으니까, 또는 팔리지 않으니까 등의 이유로 좋은 양말을 만들지 않는 것은 메이커와 브랜드의 커다란 태만이다. 그들이 클래식한 남자의 패션을 추구하지 않는 증거다.

메이커와 브랜드는 수요를 만들기 위해 노력해야 하며 아무리 적은 수라도 클래식한 양말을 매장에 상비해 두어야 한다. 그런 양말이 없어서 멋을 추구하는 남성들이 4천 엔이나 지불하면서 이탈리아나 영국에서 클래식 호즈를 사는 것이다.

클래식하고 기품 있는 호즈는 일본에서는 구하기 힘들다. 남자들의 클래식 아이템 중에 사실 이것보다 구하기 힘든 물건은 없다.

양말은 그 자체로 남자의 중요한 패션 아이템 중 하나라고 생각해야 한다. 구두 때문에 양말을 희생하는 일은 결코 있어서는 안 되는 일이다.

3. 클래식 스타일에 맞추는 호즈

클래식을 망치는 로고 마크 양말

일본 백화점에는 클래식 호즈가 거의 없다. 짧은 양말이 주류이고 긴 양말은 매우 적다.

일본 백화점 주력 상품은 디자이너 또는 브랜드 로고 마크가 복사뼈 부근에 붙어 있는 비참한 삭스뿐이다.

로고 마크가 품질을 보증하지는 않는다. 그것은 고객의 눈과 기분을 끌기 위한 원 포인트다. 그럼에도 고객은 로고 마크가 품질을 보증한다고 믿고 구입한다.

영국이나 이탈리아에서 그런 양말을 찾기는 매우 어렵다.

일본에 마크 없는 양말이나 마크 없는 폴로 셔츠가 적은 이유는 마크가 붙어 있는 쪽이 수요가 많기 때문이다. 그런 수요가 많은 이유는 고객이 자신 있게 상품을 선택하지 못하기 때문이다.

호즈에 쓸 데 없는 디자인은 필요 없다. 덕지덕지한 무늬와 액센트는 전혀 불필요할뿐더러 전체적인 조화를 깨뜨린다. 넥타이는 매년 디자인을 바꿀 필요가 있을 수 있지만, 호즈는 변하지 않아야 한다. 언제나 품질 좋은 무지가 최고이고, 꼭 그래야만 한다.

— 파비오 보렐리✛

✎ 저자의 어드바이스
복사뼈 부분의 포인트 무늬는 클래식 호즈의 무서운 적이다. 많은 사람들이 그것이 얼마나 발밑의 조화를 무너뜨리고 있는지도 모르면서 애용하고 있다.

일본의 경우, 로고 마크는 고객의 구매 동기를 높여서 구입하게 하려는 수단 중 하나에 불과하다.

마크 달린 의류를 입거나 신는 행위는 소비자가 돈을 지불하면서까지 디자이너나 브랜드의 선전, 광고 활동의 일부를 공짜로 대신해주고 있는 것이다. 일종의 자원봉사라고 보면 된다.

로고 마크는 원래 스포츠 선수가 브랜드로부터 돈을 받고 유니폼 가슴이나 소매에 붙여서 관중들에게 은근슬쩍 알리기 위한 것이다. 고객은 원래대로라면 로고를 붙인 옷을 입고 지하철이나 버스에 탈 때마다 디자이너와 브랜드로부터 돈을 받아야 할 입장이다.

고객이 자리에 앉을 때마다 또는 구두를 벗을 때마다 발밑 마크가 불특정다수의 눈에 띈다. 브랜드 입장에서 이렇게 좋은 일은 없다. 백화점 양말 코너가 로고 마크 천지가 되는 것도 당연하다.

✛ 이탈리아 셔츠 브랜드 '루이지 보렐리'의 대표.

일본제 양말에 붙어 있는 로고 마크 크기와 위치에 주의해야 한다.

일본에서는 거의 한 세기 전부터 양말이 자신의 지위를 구두에게 양보하고 조연으로 물러났다. 지금도 복사뼈에 로고 마크가 찰싹 붙어 있어서 언제까지고 구두와 조화로운 관계를 유지할 수 없게 한다. 양말에 붙어 있는 불필요하고 너무 큰 마크 때문에 장식 구멍과 스티치에 둘러싸인 구두의 장식미와 부딪치게 돼 버린 것이다.

앉아 있는 남자의 발밑은 품위 있고 수수한 장식이 있는 무두질된 가죽에서 살짝 광택이 나는 무지의 고품질 호즈로 자연스럽게 올라가면서 구두와 바지를 이어주는 교량 구실을 해야 한다.

그것이 발밑의 아름다움이며 무지 호즈가 멋진 구두를 더욱 멋지게 보이게 한다.

초크 스트라이프 같은 무늬가 있는 수트를 입을 때는 더욱 조심해야 한다. 양말의 원 포인트가 강조되면 발밑의 균형이 깨지기 때문이다. 장식 있는 구두, 원 포인트 양말, 거기에다 스트라이프가 덧씌워지면 발밑이 혼란스러워진다.

무늬가 있는 재킷에는 대부분의 사람들이 무지 넥타이를 맨다. 무늬와 무늬가 부딪치기 때문이다. 발밑도 마찬가지다. 남자의 멋은 서로 다른 물건들의 경합이 아니라 얼마나 정교하게 균형을 창조해 내느냐에 달려 있다. 개개의 주장을 매몰시켜야만 비로소 전체가 두드러진다. 금팔찌와 금시계를 같이 차는 사람은 조폭들만으로 충분하다.

일본제 양말에 붙은 로고 마크가 유독 큰 이유는 그것이 디자인적인 목적이 아니라 그 마크를 눈에 띄게 하려는 목적으로 만들어졌기 때문이다.

양말은 폴로셔츠처럼 면적이 크지 않다. 남자가 입는 아이템 중에서는 가장 작다. 남의 눈에 노출되는 장소도 일정하다.

남자의 발밑을 정돈하는 그 아주 작은 틈새를 로고 마크가 당당하게 점거하고 있다는 현실에 우리는 의문을 가져야 한다.

로고 마크가 붙은 양말을 파는 양말 매장은 양말과 구두의 상관관계를 이해하지 못하는 매장이다.

로고 마크를 가장 좋아하는 사람들이 미국과 일본 사람들이다. 로고 마크 붙은 양말은 길든 짧든 간에 절대로 신으면 안 된다. 발밑의 밸런스를 망친다. 클래식을 망친다. 댄디즘을 망친다. 남자의 멋을 현저하게 훼손한다.

> 패션산업의 대량생산과 대량 마케팅으로인해 잘못된 엉터리 패션이 우리 옷장 속에 대량으로 가득 차 있다.
>
> — 캐서린 밀리네어/캐롤 트로이

🖎 저자의 어드바이스
당신의 서랍 속에 걸레처럼 구겨진 불필요한 양말이 가득 차 있지 않나요? 계절마다 새 양말을 사는 데 쓸데없는 시간을 들이지 않나요?

엘레강스한 고품질 호즈의 조건

양말 길이는 무릎을 중심으로 정확히 다음의 일곱 가지 유형으로 나뉜다.

① 삭스 / ② 크루 삭스 / ③ 미드 삭스 / ④ 니커 호즈
⑤ 오버 니 삭스 / ⑥ 스타킹 / ⑦ 타이츠

이 중에서 클래식에 걸맞는 양말은 ④의 니커 호즈뿐이다. 양말 바닥에서 무릎 밑까지의 발과 다리를 고무 호스처럼 딱 맞게 감싸는 것이다.

유럽의 호즈 길이는 전통적으로 38센티미터, 50센티미터, 50센티미터 이상, 이 세 가지로 나누며 50센티미터가 일반적이다.

이탈리아에서 호즈를 주문하면 특별히 지정하지 않아도 대개 50센티미터 길이로 만든다. 다스 단위로 주문을 받는다. 넥타이와 마찬가지로 자신만을 위한 세상에서 딱 12켤레밖에 없는 호즈다.

일본인의 평균적인 무릎까지의 길이는 약 40센티미터 전후이며 50센티미터는 약간 길다. 하지만 양말은 신었을 때 옆으로 늘어나기 때문에 길이는 약간 여유를 주는 게 신기 편하다. 기성품은 50센티미터라도 별문제는 없지만 제작을 주문할 때는 45센티미터로 만들어달라고 하는 게 좋다.

엘레강스한 호즈에 가장 적합한 소재는 내구성 있는 울에 실크 소재를 더한 것이다. 울과 실크의 혼방은 고품질 양말이라는 증거이며 그 사실은 1950년대부터 변하지 않았다.

실크는 우아한 광택을 내고 피부에 부드럽다. 혼방율은 울 70%, 실크 30%가 가장 신기 편하고 내구성이 좋다.

코튼에 실크를 혼합한 소재도 기품이 있다. 올바른 클래식 스타일에는 살짝 광택이 나는 실크가 불가결하다.

실크 100%의 양말도 있지만 그것은 내구성에 문제가 있다. 그리

고 그것은 실크의 광택이 너무 심해서 우아하다고 하기 힘들다. 피부가 비치는 것도 신경 쓰인다. 일본의 여름은 유럽과 달리 습도가 높다. 고품질의 코튼 소재 100%의 양말도 기품이 있다.

양말은 속옷과 마찬가지로 사람의 몸에 닿는다는 현실을 잊어서는 안 된다. 따라서 소재가 좋아야 한다.

일본 백화점에서는 봄여름용과 가을겨울용으로 아이템을 분류한다. 봄이 되면 매장에서 가을겨울용 양말이 일제히 모습을 감춘다. 이것은 백화점의 이상한 습관이다. 고품질 양말은 사시사철 신을 수 있기 때문이다. 분명히 수요는 있으니 영국처럼 일 년 내내 신을 수 있는 호즈를 구비해 놓아야 한다.

영국이나 이탈리아에 가는 사람은 현지 호텔 프론트에서 전통 있는 양말 가게를 물어서 거기에서 클래식한 호즈를 구입하면 된다. 이것이 좋은 방법이다. 한 도즈 단위로 주문하면 가격은 놀랄 만큼 싸다. 클래식 스타일인지를 반드시 점원에게 확인한다. 귀찮은 대화도 필요 없다. '클래식 스타일'이라는 한마디만으로 충분하다.

단 기성품 양말은 10.5인치부터이기 때문에 발이 큰 사람은 괜찮지만 작은 사람은 발꿈치가 남아돈다. 발꿈치가 남아도는 양말은 구멍 뚫린 양말과 똑같이 보기 흉하다. 보는 사람이 별로 기분이 좋지 않다. 신은 사람은 더 괴롭다.

자신에게 기성품 양말이 너무 클 때는 역시 다스 단위로 주문하는 것이 좋다. 가격은 대개 기성품과 같지만 가게에 따라서 10% 정도 비쌀 경우도 있다.

계절에 상관없이 모든 종류의 호즈가 있다. 일본에서 팔고 있는 수입 호즈의 약 반값에 살 수 있다.

양말 이외의 클래식 아이템은 일본에서도 충분히 구할 수 있다. 의외로 구하기 어려운 것이 고품질 호즈다. 그래서 브랜드 넥타이보다 논브랜드라도 호즈가 훨씬 센스 있는 선물이 될 수 있다.

클래식 호즈의 색깔은 짙은 감색이나 검은색의 무지로 해야 한다. 그 이외의 것은 클래식 호즈 스타일에 맞지 않는다.

양말 색을 바지에 맞출지, 구두에 맞출지, 쓸데 없는 생각은 하지 마라. 아주 단순하게 검은 구두에는 검은 무지, 갈색 구두에는 검은 무지 또는 짙은 감색, 이걸로 충분하다.

영국인은 호즈에 눈에 띄지 않는 작은 무늬를 넣기도 하지만 일본인은 거기까지 멋 부리기에는 아직 길이 멀다.

클래식 스타일은 색을 가능한 제어하는 것이 포인트다. 넥타이에 있는 작은 무늬를 제외하면 블루 셔츠, 감색 수트, 갈색 구두. 마찬가지로 흰 셔츠, 차콜 그레이 수트, 검은 구두, 이걸로 충분하다.

> 멋은 옷의 세세한 부분에 어떻게 신경 쓸 것인가에 달려 있다. 검소하게 멋을 내지 말고 오히려 심플하게 사치하라. 물론 이런 방식과 다른 멋 내기도 없다고는 할 수 없지만…….
>
> — 발자크

✎ **저자의 어드바이스**
클래식한 호즈의 조건은 무지일 것. 고품질의 천연소재를 사용할 것. 이 두 가지뿐이다.

하나하나의 아이템이 자신에게 배어들고 나면 전체가 떠오른다. 복잡한 배색이나 원 포인트는 전혀 필요 없다.

한 가지 잊은 게 있다. 클래식 스타일을 가장 잘 차려입는 할리우드 배우는 영화 '천국의 사도(Heaven Can Wait)'에 나온 워렌 비티다. 그는 한때 미국 대통령으로 출마할지 모른다는 소문이 있었는데 그가 만약 대통령이 되었다면 존 에프 케네디를 제치고 미국 역사상 가장 댄디한 대통령으로 불리었을 것이다.

지도자의 스타일을 따라 하는 일은 옷차림에 까다로운 나라의 정계에서는 흔히 있는 일이기 때문에 지도자의 옷차림이 클래식하다면 미국 정치인들의 수트 스타일도 훨씬 더 클래식해질 것이다.

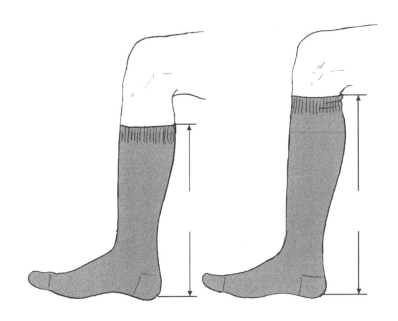

〈50센티미터의 클래식 호즈〉

일본인은 45센티미터가 적당하지만 주문 제작해야 한다.
영국과 이탈리아 양말 전문점 또는 코튼 전문점에 한 다스 단위로 주문할 수 있다.
값을 먼저 치르면 만드는 데 한 달 정도 걸린다.

제 6 장

드레스 업

Dress up

1. 클래식한 선택

구두와 넥타이를 한낱 부속물로 여겨서는 안 된다

특히 수트를 거의 매일 입어야 하는 사람들은 구두, 수트, 셔츠와 넥타이 가운데 어떤 것도 도구로 여겨서는 안 된다.

사람이 몸에 착용하는 물건은 휴대품인 서류 가방, 브리프 케이스, 우산 같은 물건들과는 기본적으로 다르다.

입는 것은 그것을 입은 사람의 사고방식과 그 사람의 현재 사회적 위치를 나타낸다. 휴대품들은 단순한 도구에 지나지 않는다.

일본에서 지하철을 타보면 직장인들이 신은 다 닳은 구두와 들고 있는 낡은 가방이 다 같이 도구로 보인다.

런던의 지하철을 타면 직장인들의 구두는 품격과 위엄이 있지만 그들이 들고 있는 서류 가방은 구두와는 분명하게 차원이 다르게 보인다.

그러니까 네가 세상 물정을 모른다는 거야.

말해 두지만, 조끼든 모자든 외투든

유행이라는 것은 인간에게

아무런 의미도 없는 거야.

— 윌리엄 세익스피어 「헛소동」 제3막 제3장

✒ 저자의 어드바이스

클래식 수트 스타일에는 유행 비슷한 현상은 있지만 유행 그 자체는 없다. 시대의 흐름이 명백하게 외견으로 나타나는 수트는 아무런 의미가 없는 수트다.

도구가 그 사람의 생각과 지위를 나타낼 때도 있다. 그러나 그건 매우 드문 경우다.

넥타이를 매야 한다는 강박감은 그 사람이 넥타이를 도구로 취급하고 있다는 증거다.

자신이 오늘 가는 장소나 만나는 사람에 따라 매는 넥타이가 달라져야 한다. 매기 전에 그것을 생각해야 한다. '넥타이를 매어야 한다'는 생각은 '아무 넥타이나 상관없다'는 발상으로 이어진다. 가는 장소의 성격을 미리 생각하는 일은 장소에 따라 넥타이를 달라지게 만들어 준다.

일본의 관혼상제 복장은 결코 완전히 올바르다고 할 수 없다. 그러나 적어도 우리는 상가에 갈 때는 슬픈 표정을 지으려고 노력하고 검은 넥타이를 한다.

올바른 복장이 무엇인지 외출하기 전에 충분히 음미해야 한다.

그런 점에서 물건만 들어가면 되는 가방과 수트 스타일은 크게 다르다.

클래식한 수트 스타일이 바로 신사의 증명이다. 하나의 사상이기도 하다. 자신이 있는 공간이 사적 공간에서 공적 공간으로 바뀔 때 자신에게 무엇이 빠졌는지 미리 꼼꼼하게 생각해 보는 습관이 중요하다.

> 옷은 사람의 몸을 나타낸다. 다른 사람을 만나면 먼저 모습을 본다. 그다음에 그 사람의 말을 듣고, 마지막으로 그 사람의 행동을 본다.
>
> — 가이바라 에키켄✛『오상훈』

🖋 **저자의 어드바이스**
내가 매일 만나는 사람이 직장 상사가 아니라 연인이라는 심정으로 자신의 수트 스타일을 가다듬어라.

'가을 신상품 판매' 같은 말에 속으면 안 된다. 클래식 넥타이에 계절 같은 것은 없다.

아무 넥타이나 매고 있다는 것은 그 사람이 멋쟁이가 아니라든가 또는 옷에 관심이 없구나 하는 정도의 일이 아니다. 그것은 그 사람이 자신의 사회적 위치를 포기했다는 사실을 의미한다. 이것은 인생을 대하는 자세와도 직결된다. 적어도 서양에서는 그렇게 생각한다.

의상과 도구의 분류는 매우 중요하다.

일부 사람들은 옷이 도구라는 발상을 하기 때문에 싼 것을 사고

✛ 가이바라 에키켄(1630~1714). 일본 에도시대의 유학자이자 박물학자.

그것이 낡으면 필요 없어진 자전거처럼 버리면 그만이라고 생각하는 경향이 있다.

처음에는 비싼 물건을 속는 셈 치고 무리해서라도 구입하는 게 좋다. 그것이 클래식한 스타일에 도달하는 길이다.

비싼 물건은 낡아도 버리기가 어렵기 때문이다.

우선 구두와 핀 도트 넥타이에 투자한다

비싼 물건 중에서도 가장 먼저 투자해야 하는 물건은 가장 오래가고, 또 오래될수록 멋이 더해가는 구두다.

구두, 커프스, 타이 핀, 재킷은 영국에서는 원래 부모가 자식에게 물려주는 물건이다. 지금은 기성복이 대량으로 생산되어서 재킷에 대한 그런 생각이 사라져 가고 있지만, 원래 캐시미어 같은 고급 재킷은 아버지로부터 아들에게 이어지는 물건이다.

고품질 구두는 틀림없이 평생 간다. 그것은 가죽이라는 특수 소재 때문이기도 하지만 사람의 발 사이즈가 평생 거의 바뀌지 않기 때문이다. 또 고급 구두는 가죽이 살아 있기 때문에 손질하면 할수록 그 맛이 더 살아난다. 유행도 없다. 구두를 보면 그 주인의 인격이 가장 잘 나타난다.

먼저 구두에 10만 엔을 투자하자. 조금 타협하자면 7~8만 엔이라도 좋다.

구두 다음으로 꼭 구비해야 할 아이템이 핀 도트 넥타이다. 튼튼하게 만들어진 좋은 넥타이는 10년은 간다. 전통 패턴(무늬)은 유행이 없다. 영원하다.

주문 제작하는 게 좋다. 가능하면 2만 5천 엔 정도 써라. 금전적 여유가 없으면 외국 라이선스를 받아 국내에서 만드는 제품이 아닌 오리지널 제품으로 1만 5천 엔 정도의 감색 바탕에 흰 핀 도트 무늬가 들어간 넥타이에 투자하라. 그 아래 가격의 넥타이는 품질이 보증되지 않는다.

라이선스 제품이란 일본 업자가 서양 브랜드의 이름을 빌리는 대가로 대금을 지급하는 의무를 지는 이상한 넥타이이다. 오리지널은 이탈리아나 영국 등 원산국이 명확한 서양 제품 넥타이다.

유럽의 패션 선진국 남자들은 직장 근무를 시작할 때 우선 이 두 가지 아이템에 투자한다. 수트와 셔츠는 그것을 사고 남은 돈으로 구입한다. 비즈니스용 수트와 셔츠는 오래 입든 자주 바꾸든 계속해서 소모해야 하는 물건이기 때문이다. 수트와 셔츠는 사회에 진출하기 전에 이미 몇 벌 가지고 있었다면 그것을 입으면 된다는 이유도 있다.

고품질의 클래식한 구두와 넥타이는 수트의 품질에 관계없이 수트 스타일을 돋보이게 한다. 반대로 구두와 넥타이가 궁상스러워 보이면 수트가 아무리 맞춤복이라도 그것을 입은 사람의 전체적인 인상이 놀랄 만큼 초라해 보인다.

저가 양복 판매점에서 파는 수트에 마리넬라(이탈리아)에서 주문 제작한 핀 도트 넥타이를 매고 존 롭(영국)의 스트레이트 팁을 신으면 저가 기성복이 적어도 10만 엔 이상 가는 물건으로 보인다.

반대로 30만 엔 정도 하는 이탈리아 기성복 수트에 가판대에서 세일하는 1000엔 짜리 넥타이를 매고 끈 없는 싸구려 구두를 신으면 그 수트는 마트에서 파는 싸구려 수트로 보이기도 한다.

잘 이해할 수 없는 일이지만 사실이다.

> 미를 추구하는 복장이란 사치를 뜻하는 것이 아니다. 낡고 헤진
> 옷도 배합과 조화에 따라서는 비단옷이나 화사하게 수놓은 옷보
> 다 더 아름답다.
>
> — 마사오카 시키 『병상육척』

🖋 저자의 어드바이스
질 좋은 옷이 다 비싸게 보이는 건 아니다. 비싼 옷이 질 좋은 옷이라고도
할 수 없다. 모든 것은 밸런스가 중요하다.

자기다운 옷차림은 스텝 업에서 태어난다

수트 스타일이 발치와 가슴 부분만 조금 달라져도 전혀 다른 인상
을 주는 이유는 남자 수트는 전혀 다른 수트라도 프로포션이나 색이
거의 비슷하기 때문이다. 또한 수트 자체가 사람의 몸에서 차지하는
면적이 크기 때문에 전체 모습을 가다듬어 주는 포인트가 필요한데
구두와 넥타이가 그 역할을 한다.

클래식 스타일에서 이 점은 매우 중요하고도 기본적인 포인트다.
처음부터 수트에 30만 엔을 투자하는 일은 어리석은 일이다. 30만
엔 짜리 수트를 제대로 입으려면 그에 상응하는 마음가짐과 시간,
경험이 필요하기 때문이다.

만약 그 수트가 클래식한 프로포션을 갖추고 있다면 그렇게 값이

비쌀 필요는 없다. 일본 제품 중에는 10만 엔 이하로 살 수 있는 클래식 수트도 있다.

구체적인 금액을 말하자면 처음에는 구두에 10만 엔, 넥타이에 1만 5천 엔, 수트에 10만 엔, 셔츠에 1만 엔 들이는 것으로 충분하다. 고가의 수트가 반드시 클래식한 것은 아니다.

일에는 순서가 있다. 처음부터 100만 엔을 투자해서 세련된 스타일을 완성하고자 하는 생각은 틀렸다. 그것은 어쩌다가 100만 엔을 지하철역에서 주워도 경찰에 신고하지 않고 자신이 가져 버리는 사람의 발상이다. 돈만 들인다고 바로 되는 일이 아니다.

세련된 스타일을 몸에 지니기 위해서는 항상 스텝 업 하려는 마음가짐을 가져야 한다. 복장술은 테니스와 같다. 잘하는 사람의 경기를 보고 연습을 거듭하고 점점 레벨을 높여간다. 레벨이 높아지면 테니스란 무엇인지가 보인다. 옷도 마찬가지다.

레벨이 올라갈수록 옷이 새롭게 보이고 자기만의 스타일이 자연스럽게 생긴다.

예를 들면 비오는 날에는 노란색이 들어간 넥타이를 매고, 오전 미팅에는 클레릭 셔츠(칼라나 커프스에 흰색을 사용한 셔츠)를 입고 핀 스트라이프 셔츠에는 크기가 다른 핀 도트 넥타이를 코디네이트 하고 스트라이프는 피한다든지, 네이비 블루 수트에는 브라운 계열 구두를 신는다든지, 브레이저에는 스웨이드 구두를 신는다든지 하는 자기만의 규칙을 만들어 가는 것이다.

자기만의 스타일은 디자이너와 매장이나 잡지에서 듣거나 본 것을 그대로 따라하지 않을 정도로 당신이 센스를 키웠을 때 생겨납니다.

— 앨런 프랫서

🖋 저자의 어드바이스

점원이 하는 말이나 패션 잡지에 쓰여져 있는 글은 언제나 평균적인 말이고 확실한 근거가 없는 말이다. 팸플릿에 쓰여 있는 말은 메이커와 브랜드의 혼잣말이다.

사회적 지위 상승에 맞는 옷차림을

갑자기 몇 단계 스텝 업 하려고 서두르면 안 된다. 스팬 캐시미어나 번수가 높은 울 소재로 만든 수트는 일본 가격으로 100만 엔을 넘는 것도 있다. 이탈리아에는 20만 엔 짜리 구두, 7~8만 엔이나 하는 셔츠 등이 수두룩하다. 이런 물건들은 모두 일본의 경제 버블이 꺼지기 전에는 일본인 고객이 주로 샀지만 지금은 아랍의 석유왕들이 독점하고 있다.

브랜드 이름을 기억하기 전에 복장술을 익히는 것이 중요하다. 그러면 옷이 구체적으로 보인다.

복장술을 익히려면 우선 클래식 수트가 무엇인지 이해해야 한다. 수트의 첫 번째 목적은 비즈니스다. 클래식 수트는 비즈니스와 밀접한 관련을 가진다.

이탈리아인과 영국인은 그 점을 잘 이해하고 있기 때문에 비즈니스와 클래식 수트 스타일을 항상 연결해서 생각한다. 이 두 개가 나란히 있다는 것을 안다. 비즈니스 이외의 시간에는 자유분방한 스타일을 즐기는 이탈리아 사람들도 비즈니스 장면에서는 언제나 클래식 수트를 입는다.

비즈니스의 세계는 지위가 존재한다. 지위가 올라가면 수입이 올라가고, 수입이 올라가면 그것이 레벨 높은 복장으로 이어진다.

이탈리아인들과 영국인들은 지위가 높아지면 언젠가는 그 지위에 맞는 수트와 셔츠를 입어야 한다는 것을 잘 알고 있다.

그들의 머릿속에는 항상 두 가지 피라미드가 있다. 한 피라미드의 정점에는 사회적 포지션, 다른 피라미드의 정점은 맞춤 양복이다.

그들은 두 개의 피라미드를 동시에 스텝 업 하는 과정을 매우 즐기고 있다. 두 개의 피라미드에는 여러 가지 선택지가 있으며 두 개의 피라미드를 오가면서 자신을 갈고 닦아 그 정점인 맞춤복을 준비한다.

자신을 연마하고 세련되게 만드는 일은 자신의 사회적 지위를 상승시키고 그 지위에 맞는 복장술을 익히는 일과 같다.

이탈리아의 수트 피라미드에는 어느 단계에 가도 클래식한 수트가 많이 준비되어 있다.

그러나 클래식한 구두와 넥타이는 매우 한정되어있다. 유행도 없다. 한정되어 있으므로 평생 쓰게 된다. 이것이야말로 그들이 구두와 넥타이에 선행 투자하는 이유다. 이탈리아 사람 중에서도 아웃렛에서 파는 값싼 수트를 입는 사람도 많다. 하지만 구두와 넥타이만큼은 매우 품질이 좋은 제품만을 고집한다.

기본적으로 치장은 인간사의 다른 모든 행위와 같습니다. 치장을
위해서는 지식과 연습이 필요합니다.

— 앨런 프랫서

🪶 **저자의 어드바이스**
구두와 넥타이가 가진 클래식의 본질을 아는 사람은 댄디할 자격이 있다.

유행 속에 클래식은 없다

구두와 넥타이의 본질을 모르는 사람들은 가장 먼저 수트에 투자
한다. 일본에서 취업용 수트라는 기묘한 이름이 생기는 것은 그 때
문이다.

보통 일본인들은 취업용 수트를 먼저 산 다음에 예산 중에 남은
돈으로 구두와 넥타이를 구입한다. 3년 후에는 분명히 입지 않을 게
틀림없는 고가의 디자이너 수트를 사회에 진출하자마자 구입하는
사람도 있다. 20만 엔 들여 수트를 살 바에는 그 가격의 반을 구두에
투자해야 한다.

일본인들의 구입 순위가 유럽 패션 선진국과 반대인 이유는 수트
스타일에서 수트가 전부라고 착각하기 때문이다. 수트 스타일은 수
트만을 보는 것이 아니다. 밖으로 보이는 남자의 사회적 복장 모든
것을 포함한다.

클래식한 수트 스타일을 언젠가는 완성시키고자 하는 사람이라면
구두, 넥타이, 셔츠, 양말을 수트를 사고 남는 예산으로 사는 일이 결
코 현명한 일이 아니라는 사실을 알아야 한다. 그러면 10년 후에는

아무 것도 남지 않는다. 몽땅 다시 사야 한다. 또 다시 10년 후도 마찬가지다.

자기 나름의 클래식 스타일을 10년 후에 확립하고자 하는 사람들은 수트야말로 구두와 넥타이를 사고 남은 예산으로 구입해야 한다.

남은 예산이라고 해서 유행을 쫓아서는 안 된다. 한 번 유행을 쫓으면 반드시 버릇이 되어 같은 행위를 되풀이하게 된다. 유행은 마약 같은 것이기 때문이다. 마약이므로 널리 퍼진다.

유행을 따르면 안 된다. 유행으로 몸을 치장한 사람은 자신이 패션의 노예라는 사실을 스스로 선언하는 것과 같다.

유행의 본질은 끊임없는 변화다. 변화의 본질은 바뀐 그 순간부터 이제까지 가진 모든 것은 낡아지고 가치를 잃는다는 데 있다.

지금 있는 물건이 낡아지고 다른 새로운 물건이 탄생한다. 이것이야말로 유행의 원리다.

클래식 스타일을 지향하는 사람의 가장 큰 적은 유행이라는 현상이다. 디자이너들이 끊임없이 만들어 내는 유행은 사람들이 계속 돈을 쓰도록 하게 만든 덫일 뿐이며 클래식 스타일과는 전혀 관계가 없다.

'사람은 유행(mode)의 희생이 되어서는 안 된다.' 이 말은 조르지오 알마니가 한 말이다.

눈앞의 변화에 현혹되어서는 안 된다. 변화하는 것은 결코 클래식이 아니다.

유행이 도를 지나치면 만화가 된다. 그러므로 사람의 눈을 속이려는 유행은 결코 오래가지 않는다. 그건 악취미다.

— 발자크『풍속연구』

🖋 저자의 어드바이스
유행이 무서운 이유는 낡아 보이면 가까운 시일 내에 또 사야 된다는 마음을 불러일으키기 때문이다.

2. 수트를 입는 행위

사람 몸에 잘 맞는 천연소재

수트는 울, 양이다.

셔츠는 코튼, 목면이다.

넥타이는 실크, 누에다.

구두는 가죽, 소다.

그리고 우리는 인간이다.

모두 살아 있는 천연소재다.

이것이 중요하다.

사람 몸의 복잡한 선을 덮고 보호하고 외모를 치장하기 위해서는 화학적으로 인공소재가 아닌 자연 그대로의 소재가 잘 맞는다.

생리적으로도 자연적 특성은 사람의 감각과 직결된다.

실크의 부드러움, 울의 보온성, 코튼의 흡습성은 인공소재에는 결코 없는 특성이다.

섬유에는 자연소재와 사람 손이 가해진 화학섬유가 있다. 화학섬유는 재생섬유와 합성섬유, 반합성섬유 세 가지로 대별된다. 재생섬유 중 대표적인 것이 비스코스 레이온, 이른바 인견이다. 합성섬유의 대표적 소재는 나일론, 반합성섬유 가운데서 잘 알려진 것이 아세테이트이다.

이 모두가 근대에 와서 의복 재료로 개발되었다.

화학섬유 소재는 각 시대의 실루엣과 기능성에 연동한다. 새로운 화학섬유 소재가 개발되면 그 섬유의 특징을 만족시킬 수 있는 실루엣이 유행한다. 반대로 옷의 실루엣과 기능성을 위해서 화학섬유가 새로 개발되는 경우도 있다.

하지만 아무리 천연소재에 가깝게 만들어도 모든 화학섬유 소재는 클래식 스타일에는 맞지 않는다.

클래식 스타일은 왜 천연소재를 활용하는지 생각해 봐야 한다.

엘레강스한 수트의 조건은 두 가지 있습니다. 하나는 품질이 좋은 천연소재, 다른 하나는 클래식한 프로포션입니다. 두 가지의 비율은 각각 50%씩이 되어야 합니다.

— 루치아노 바르베라✚

✎ 저자의 어드바이스
클래식 스타일의 기본은 사람의 몸을 있는 그대로 그려 주는 자연스러운 스타일이다. 이것을 표현하는 데 자연소재가 가장 적합하다.

✚ 로드리고 바르베라의 아버지. 남성복 디자이너. 바르베라 브랜드를 세계에 전개했다.

잊어서는 안 되는 클래식 스타일의 본래 목적

클래식 스타일에는 인공적인 것이 어울리지 않는다.

소재감을 스트레이트하게 표현하는 것이 클래식 스타일이며 이를 위해서는 천연소재가 가장 클래식을 창조하기 쉽다.

고품질 구두 가죽의 윤기, 발을 감싸는 착용감, 넥타이의 미끄러지는 듯한 감촉과 광택, 묶기 쉽고 느슨해지기 어려움, 재킷의 어깨를 감싸는 울 특유의 착용감은 그것이 천연소재이기 때문에 우러나오는 맛이다.

화학섬유는 천연소재가 존재했으므로 나올 수 있었던 산물이며 모두가 천연소재를 카피한 것이다.

세월과 더불어 사람의 몸에 맞게 되는 것이 천연소재인데 이는 천연소재가 살아 있는 소재이기 때문이다. 천연소재와 화학섬유의 피로도를 비교하면 금방 알 수 있다. 오래 입어서 낡은 화학섬유는 버려질 운명이다. 반면에 자연섬유는 낡아도 연륜의 맛이 난다.

옷 소재 때문에 생기는 알러지는 대개 화학섬유 때문이라는 사실도 잊어서는 안 된다.

모든 자연소재는 전통과 역사가 뒷받침한다. 오랫동안 옷에 맞게 사용되어 왔기 때문이다.

양은 카인과 아벨 시대의 산물이다. 목면은 기원전 2500년경부터 옷 소재였다.

누에의 기원은 중국에서 기원전 3000년부터라고 한다. 유럽에서 비단 한 돈과 황금 한 돈이 교환되던 시기도 있었을 정도로 비단은 귀한 물건이었다.

가죽은 로마 시대 귀족들의 발밑을 치장했다.

자연소재가 인간에게 가장 최상이며 가장 착용감이 좋은 의복 소재라는 사실을 역사가 단적으로 증명하고 있다. 로마제국과 중국의 궁중 사람들은 그것이 가장 착용감이 좋고 자연스럽기 때문에 애용했다. 어떤 옷을 입으면 편하다는 것은 그 옷이 인간의 벗은 몸과 가장 비슷해서 움직이기 쉽기 때문에 그렇게 느끼는 것이다.

그러나 화학섬유 소재는 그것이 사람에게 좋기 때문에 만든 것이 아니라 천연소재가 귀하기 때문에 억지로 만들어진 것이다.

화학섬유는 착용감과 기능성, 실루엣 추구와 싼 가격을 우선한다.

디자이너 수트는 그중에서도 실루엣을 가장 우선한다. 디자인하기 쉽기 때문이다.

일본인은 의복의 소재에 너무 무관심하다. 사람은 수트를 입는 것이 아니라 소재를 입는다는 것을 알아야 한다.

이탈리아의 일류 테일러에서는 수트의 소재인 울이 생산지가 어디이며 어떻게 가공했는가를 고객에게 지루하리만큼 길고 자세하게 설명한다.

울, 실크, 코튼, 가죽에 관한 깊은 지식을 가져야 한다. 그것을 알면 클래식한 수트 스타일을 가장 쉽게 고를 수 있다. 클래식 수트는 결코 불편하고 딱딱한 옷이 아니다. 원래 안정을 목적으로 한 라운지(느긋하게 지내는) 수트다.

느긋하게 지낼 수 있으니까 비즈니스 수트로 승격한 것이다.

수트를 입은 몸 형태는 오늘날 나체 추상형이 되었다. 오늘날 우리는 새로운 이상적인 나체를 브론즈나 대리석 조각상이 아니라 천연 울, 리넨, 가죽을 입은 사람의 몸에서 볼 수 있게 되었다. 이들 소재들은 사냥개와 말, 사자와 표범의 부드러운 모피처럼 완벽하고 착용감 좋은 인간의 표피가 되었다.

— 앤 홀랜더✢

🖎 저자의 어드바이스

울, 실크, 코튼에 각자의 역할이 주어진 이유는 소재의 특성이 개별 아이템에 가장 적합하기 때문이다. 울은 수트에 실트는 넥타이에 코튼은 셔츠에 각각 적합하다. 이러한 소재 특성을 몸으로 익히는 일이야말로 옷을 제대로 차려 입기 위해 갖추어야 할 소중한 기본 소양이다.

옷을 입고 움직이는 행위는 많은 조각을 이은 천을 한 번에 움직인다는 사실을 의미한다.

헐렁한 수트는 가장 흉한 옷이다

올바른 클래식 수트는 몸과 함께 모든 천 조각이 같이 움직인다. 각각의 조각이 몸을 부드럽게 감싸야 자연스럽고 맵시 있는 옷차림이 된다.

✢ 미국의 미술사 연구자. 저서 『성과 수트(Sex and Suit: The Evolution of Modern Dress)』 중에서.

고품질의 모직이 솜씨 있게 연결되어 있으면 그것을 입은 사람의 움직임과 함께 천 전체가 꿈틀대고 사람이 동작을 멈추면 순식간에 원래대로 돌아간다.

모직의 유연성과 연결 부분을 처리한 정교한 바느질이 쿠션 역할을 하기 때문이다.

몸에 맞지 않는 옷은 재단과 봉제가 잘못되어서 몸과 천의 움직임이 어긋난다. 몸에 맞지 않는 옷은 천이 몸을 제대로 감싸지 않았기 때문에 엄밀하게 말하면 천만 어깨 위치에 남아 있게 된다.

이것은 어깨뿐만 아니라 몸 전체에 문제를 일으켜서 여기저기 조금씩 어긋나면서 흉한 차림새를 낳는다. 천과 몸이 같이 움직이지 않는 큰 수트를 입고 있는 사람을 가끔 볼 수 있다. 잘못된 기성복의 증표다.

> 넉넉한 옷은 결과적으로 매우 착용감이 편하다. 이 사실은 부정할 수 없지만 그런 옷은 모든 사람에게 맞는다는 심각한 결점이 있다. 당연하게도 이 점이 기성복의 한계를 규정한다.
>
> — ≪저널 드 테일러즈≫ ✛

🖋 **저자의 어드바이스**

위의 말은 1856년에도 진리이고 지금도 진리다. 몸에 딱 맞는 정통적인 옷에 대항하는 방식으로 가끔 큰 옷이 유행할 때가 있다. 많이 팔기 위해서다. 이런 현상은 복식의 역사에서 필연적으로 나타난다.

✛ 'A History of Men's Fashion', ≪저널 드 테일러즈≫, 1858년 9월 16일자.

수트 안에서 몸이 따로 놀면 안 된다. 몸이 따로 노는 헐렁한 수트는 가장 흉한 옷이다. 루즈 핏이란 그냥 헐렁하게 만든 수트가 아니라 맞아야 할 부분은 완전하게 맞는 수트를 말한다.

긴소매와 긴 기장은 금물이다. 옷이 맞지 않는다는 사실을 한눈에 알 수 있다.

올바른 옷차림의 첫 번째 조건은 몸에 맞는 것이다. 몸에 맞는 핏은 정확한 자세를 낳는다.

3. 올바른 수트 스타일

엘레강스만을 너무 강조하지 말 것

영국인이나 이탈리아인은 때때로 '엘레강스'라는 말을 한다. 남자 복장에 대한 최고의 칭찬이다. 여자들도 남자들에게 이런 말을 아끼지 않는다.

엘레강스는 기품 있고 우아한 차림새를 한 사람에게 주어지는 수식어다. 기품 있고 우아한 차림새는 클래식 수트 스타일에서 우러나온다.

매우 서양적인 이 말을 따라할 필요는 없지만 이해는 하고 넘어가야 한다.

왜냐하면 이 말은 '보이기 위해서 입는다'는 서양 귀족들의 발상이 바탕에 깔려 있으며 이 발상은 일본에서는 이미 잃어버린 것이기 때문이다.

'보이기 위해서 입는다'라는 발상은 디자이너 수트처럼 남의 눈에 잘 띄는 옷을 입는 생각과는 다르다. 귀족이 귀족답기 위한 치장을 말하며 오늘날에는 입는 사람 스스로의 정당한 포지션을 나타내는 올바른 복장을 말한다.

'겉모습으로 사람을 판단하지 않는 것은 어리석은 일이다'라고 오스카 와일드가 말했다. 이것은 그야말로 귀족적인 발상이긴 하지만 일본인에게는 가장 부족한 생각이다. 일본인은 이 점이 결여되었으므로 클래식 수트 스타일에 미숙하다. 레오나르도 페라가모는 '남자의 엘레강스는 자신의 인격과 지위를 몸에 두르고 그것을 강화하는 것이다'라고 하였다. 이 말은 오스카 와일드가 한 위의 말과 그 의미와 내용이 같다.

그런데 우리가 엘레강스한 수트 스타일을 시도할 때 가장 주의할 점은 바로 엘레강스만 너무 강조하지 않는 것이다.

아침에 일어나서 무엇을 입을지 생각하는 일은 중요하지만 너무 깊이 생각하면 실패한다.

자유롭고 자연스러운 마음으로 옷장 안에서 선택한다. 너무 엘레강스하려고 노력하면 한쪽으로 치우치게 되기 때문이다.

그 자체를 너무 강조하면 엘레강스만 표면에 드러나서 사람 그 자체는 가라앉는다. 페라리는 매우 엘레강스하지만 차 그 자체보다 너무 엘레강스만 두드러진다. 그것이 페라리의 특성이긴 하지만 차 자체로서 생각해 보면 차가 그 정도로 엘레강스할 필요가 있는지 하는 문제가 남는다.

엘레강스가 차를 뛰어넘는다.

사람이 엘레강스를 뛰어넘어야지 엘레강스가 사람을 뛰어넘어서는 안 된다.

엘레강스한 스타일이란 그런 것이다. 역설이지만 클래식 수트가 엘레강스를 표현하기 쉬운 이유는 그 때문이다.

> 엘레강스는 규칙을 모두 이해하지 않으면 행할 수 없다. 엘레강스를 시크와 혼동하는 사람도 있지만, 시크는 퍼스널리티와 캐릭터가 포함되는 개념이라서 엘레강스와 다르다.
>
> — 프랭크 미누치

✎ **저자의 어드바이스**
그 자체로 너무 엘레강스한 것은 위험하다.

자기 스타일은 자기가 고른다

일본 남자들의 수트 스타일은 대부분 부인이나 연인이 결정한다. 휴일에 백화점 수트 매장에 오는 남자들 가운데 반은 파트너와 같이 온다. 평일 밤에 고급 신사복점에 오는 남자들의 반은 아무리 봐도 부인 같지 않은 파트너와 같이 온다.

남자들이 자신의 스타일을 결정하지 못하고 여자들에게 골라달라고 하는 현실은 두 가지 의미가 있다.

하나는 남자들이 자기 수트 스타일을 고를 자신이 없다는 점. 또 하나는 그들이 직장에서 적응하기보다는 특정한 여성을 위해 멋을 내려한다는 점이다.

이것은 매우 이해하기 어려운 현실이며 서양에는 없는 습관이다.

클래식 수트 스타일은 비즈니스와 연동하는 것이지 여성들을 위한 것이 아니다.

이탈리아 여자들은 남자들이 수트를 고를 때 매장 소파에 침착하게 앉아서 아무 말도 하지 않고 남자들이 하는 동작을 바라보고 있다. 영국도 마찬가지다.

여자들은 남자들이 가끔 물어볼 때만 대답한다. 그녀들은 수트가 남자의 직장과 커리어를 위한 것임을 안다. 남자들이 직장에서 어떤 사람에게 둘러싸여 있고 어떤 사람을 만나는지 모르기 때문에 수트 선택에 간섭하지 않는 것이다.

일본의 노포 양복점에서는 '고객에게 수트를 주문하게 하려면 함께 온 여성 파트너에게 물어보는 것이 빠르다'고 한다.

일본 남자들은 재킷을 시착할 때나 바지를 시착할 때마다 파트너에게 확인한다. 개중에는 시착실까지 당당하게 들어가는 용기 있는 여성도 있다. 수트 고르기는 어린아이 책가방 고르기와는 다르다.

클래식 스타일을 지향하는 사람은 결코 남에게 자신의 스타일을 맡겨서는 안 된다. 스스로 고르고 실패를 거듭하면서 안목을 키워야 한다. 이것이 물건을 살 때와 주문할 때 남자가 갖추어야 할 가장 기본적인 자세다.

대부분 여자는 낮에 옷을 살 때 혼자서 결정한다. 일본 여자들이 남자들보다 훨씬 멋을 잘 내는 이유다. 남자들이 남에게 자신의 스타일을 맡기는 한 영원히 레벨 업은 불가능하다.

"우리는 우선 자신을 위해, 다음으로 여성을 위해, 마지막으로 자기 이외의 남자를 위해 멋을 낸다." 한 이탈리아인 친구가 필자에게 해 준 말이다.

TV에 나오는 서양 각국의 요인들은 대개 패션 리더다. 그들은 국제무대에 등장할 때 완벽에 가까운 클래식 스타일을 한다. 그들은 남에게 자신을 보이는 행위에 익숙하다.

> 남자가 여자 취향의 옷을 좋아하는 일은 실없는 일이기는 하지만 부끄러운 일은 아니다.
>
> — 마스호 잔코『염도통감』✦

🖋 저자의 어드바이스

대개 여자들은 패션에 대해 숙련된 시선을 가지고 있다. 그러나 여자들의 시선은 대개 디자인성이 강한 것에 끌린다. 그런데 우리는 여자들이 자기 파트너의 패션에 대해서는 너그럽게 봐준다는 사실도 잊어서는 안 된다.

클래식 스타일에 어울리는 코디네이트

올바른 클래식 수트 스타일에 가장 잘 맞는 무늬는 감색 바탕에 잔잔한 초크 스트라이프다. 핀 스트라이프는 때로는 스트라이프가 너무 강해서 바탕색과의 조화 문제도 있고 바탕색과 스트라이프의 명암이 너무 뚜렷하면 품위가 좀 떨어진다.

감색 무지는 색을 잘 골라야 한다. 감청색보다 더 진하고 깊은 색이 고상하다.

그 이외의 감색은 코디네이트에 따라 다른 사람에게 화려한 인상

✦ 마스호 잔코(1655~1742). 에도 중기의 종교가. 이 책『염도통감』은 1715년에 저술되었다.

을 주기도 한다. 연한 감색에 강한 색깔 프린트 넥타이는 최악의 코디다. 개성을 완전히 죽인다.

넥타이만은 서양인을 그대로 모방하면 안 된다. 이탈리아인이 좋아하는 감색 수트에 노란색 넥타이 코디네이트는 얼굴이 노란 일본인에게는 어울리지 않는다. 노란색 넥타이를 하려면 얼굴을 선탠한 다음에 하자. 우리는 자신들이 피부가 노랗다는 사실을 잊어서는 안 된다.

감청색 이외의 감색 수트에는 짜임새가 꼼꼼한 넥타이를 선택해야 한다.

차콜 그레이(진회색) 바탕은 무지도 스트라이프도 기품이 있다.

흑과 백은 원래 색이 아니고 밝기의 정도이다. 흑과 백의 중간이 그레이이기 때문이다. 초크 스트라이프와 핀 스트라이프는 흰색이라 그레이와 궁합이 좋다.

더블 수트는 여섯 버튼짜리가 클래식한 표현을 내기가 더 쉽다. 버튼 네 개짜리 더블수트는 약간 캐주얼한 분위기를 낸다. 전통적으로 보았을 때 프랑스인은 네 버튼, 영국인은 여섯 버튼을 좋아하는 경향이 있다.

프랑스의 시라크 전 대통령은 가끔 네 버튼이 달린 더블 수트를 입는다. 영국 왕실의 댄디들이 입는 브레이저를 제외한 더블수트는 태반이 여섯 버튼이다.

더블 수트의 버튼 위치는 V자형으로 위로 넓어질수록 캐주얼한 인상을 준다.

싱글 수트의 경우에는 가장 먼저 준비해야 할 것이 스리피스다.

스리피스란 이 책 앞의 셔츠 부분에서 이미 말한 바와 같이 다른 사람 앞에서도 재킷을 벗을 수 있는 수트일 뿐 아니라 가장 포멀한 인상을 준다.

> 비즈니스 차림에서 더블 수트는 낮에 통상적으로 입는 비즈니스 수트다. 중요한 미팅이 있을 때는 반드시 스리피스를 입어라. 수트 안에 베스트를 입으면 언제든지 재킷을 벗을 수 있기 때문이다.
>
> — 제임스 앵거스 파우

✎ **저자의 어드바이스**
감색 바탕에 흰 초크 스트라이프가 들어간 싱글 스리피스가 클래식 스타일의 기본이다.

베스트의 복잡한 역할

베스트의 역할은 제임스 앵거스 파우가 말한 대로 어디까지나 재킷을 벗었을 때 나타난다. 셔츠만 입은 모습을 피하기 위해서다.

앞에도 말했지만 수트의 정의는 원래 '같은 천으로 된 스리피스'이며 투피스라는 발상은 없다. 베스트를 갖추는 것이 원칙이다.

베스트가 채택된 이유는 중세의 전통 때문이다. 당시 웨스트 코트(영국), 질레(프랑스)라고 불리던 베스트는 여러 가지 장식이 붙은 형식성이 강한 옷이었다.

훗날 베르사이유식 패션을 좋아했던 영국의 찰스 2세가 스리피스의 원형을 입었다.

다만 당시 스리피스는 재킷, 베스트, 바지가 각각 장식적이었으며 같은 천이라는 발상은 없었다. 베스트는 안에 입는 옷이 아니라 재킷과 경합하는 별개의 옷이었다. 현대 수트 시대에 들어오면서 베스트는 재킷과 같은 천을 쓰게 되며 재킷과 경쟁하지 않고 재킷 안에 입는 옷이 된다. 바로 여기에 베스트의 복잡한 역할이 있다.

베스트는 안에 입는 옷이면서 원래는 겉옷이었기 때문에 겉옷의 역할도 해야 하는 까다로운 옷이었다. 겉옷의 속성 가운데 하나는 공공장소에서 입어도 남에게 불쾌감을 주지 않는 것이다.

셔츠 차림이라는 무례를 피하기 위해 영국인은 재킷과 베스트라는 이중 구조의 옷을 고안했다. 이는 복장 예의를 중시하는 영국인다운 발상이라 할 수 있다.

남자의 옷 중에서 겉과 안이라는 두 속성을 갖춘 아이템은 베스트뿐이다.

현대 베스트의 첫째 목적은 멋과 함께 재킷의 예비 옷이라는 개념도 있다.

베스트는 생리적 또는 긴급한 이유로 재킷을 벗어야 할 때를 위해 가장 적합한 아이템이다.

미국 영화에서 FBI가 거리에서 총격전을 벌일 때 베스트를 입고 있는 모습을 볼 수 있다. 그것은 공공장소에서 민셔츠 차림을 피하기 위해서이며 알 카포네 시대 이후의 전통이다. 영화 '우리들에게 내일은 없다'의 클라이드도 '언터처블'의 네스도 베스트 차림을 하고 있는 것을 볼 수 있다.

아무리 예비 옷이라도 보통 때는 가능하면 숨겨야 한다.

특히 더블 스리피스를 입는 사람은 베스트를 완전히 숨길 것. 이것이 기본이다.

싱글의 경우에는 트렌드에 따라 프런트 버튼이 오르락내리락한다. 그래서 재킷 자체의 프로포션 때문에 베스트를 숨기기 어렵다. 베스트가 싱글 재킷에서 당당하게 얼굴을 보일 수 있게 된 것은 스리 버튼의 위치가 낮아지게 된 시대부터다. 베스트가 보이는 면적이 커지면서 그것이 스리피스의 새로운 밸런스로 자리 잡았다.

클래식한 영국 스타일은 베스트 버튼의 위치가 상당히 낮다. 재킷 밑에서 아주 조금만 모습을 보인다. 고인이 된 영국의 명배우 제임스 메이슨이 가끔 시도한 차림새다.

같은 이유로 베스트의 맨 아랫단추는 반드시 풀어 놓아야 한다.

덧붙이자면 스리피스는 투피스로도 입을 수 있다. 스리피스가 갑갑한 사람은 재킷을 벗을 일이 없다면 베스트를 입지 말고 투피스로 대용하면 된다. 처음 맞춤복을 구입할 때는 반드시 스리피스로 맞출 것. 이것도 기본이다.

> 베스트를 입으면 밤에는 화려해지지만 낮에는 가슴을 죄기도 한다. 또한 그것은 캐주얼한 복장의 한 부분으로서 웨이스트 코트만으로도 자립할 수 있다. 통속적이고 일상적이지만 엘레강스한 일면도 가지고 있다. 회중시계를 걸기에도 딱 좋다.
>
> — 허디 에임스 경

🖋 저자의 어드바이스
화려함, 일상성, 엘레강스를 함께 지닌 아이템은 베스트뿐이다. 이는 베스트가 안에 입는 옷과 겉옷의 두 가지 측면을 동시에 지니고 있기 때문이다.

클래식 스타일의 트렌드

클래식 스타일은 엄밀하게는 트렌드와 연동하지만 트렌드에 따라 바뀐 부분은 거의 모두가 디테일이 변화한 것에 지나지 않는다.

디자이너 스타일처럼 전체적 변화가 심하지는 않다.

아주 완만하게 매우 작은 외관만 변화해 간다.

기본 요소는 모두 불변이다.

작은 변화는 주로 시장의 수요에 의한 것이다. 세계 최대 패션 시장은 뉴욕이다. 뉴욕은 항상 새로운 것을 찾는다. 이탈리아, 프랑스, 영국의 패션 업계, 특히 디자이너들에게 수요가 많은 뉴욕 시장은 시장으로서 매우 매력적이다.

시장이 클래식 스타일의 디테일에 변화를 줄 때는 트렌드 속에서 확실한 몇 가지만 골라서 변화시킨다.

트렌드에는 악취미에 가까운 것이 있다. 좋은 취향은 오래 남고 악취미는 단명으로 끝난다. 이것도 역사의 법칙이다.

> 클래식 스타일은 세상에 오래 남을 만한 것들을 직감적으로 꿰뚫어 보고 그것들을 천천히 조용히 조금씩 흡수해 간다. 말하자면 롱 텀 패션이다.
>
> — 움베르토 안젤리노

🖎 저자의 어드바이스

오랫동안 남는 것은 남자의 엘레강스를 보다 강하게 표현할 수 있는 요소다. 그것들은 시대에 따라 조금씩 변화한다. 그 변화가 클래식 스타일로 이어진다.

탐구심이 클래식을 숙성시킨다

예를 들어 스리 버튼이 유행한다고 하자. 유행을 쫓는 브랜드는 일제히 스리 버튼을 만든다. 개중에는 엉뚱한 위치에 버튼을 단 윗도리도 등장한다. 수트의 프로포션이 스리 버튼 때문에 희생되는 경우도 있다.

매장에서 투 버튼 수트가 사라질 때도 있다. 판매점은 고객이 스리 버튼밖에 사지 않는다고 하고, 고객은 매장이 스리 버튼밖에 안 판다고 한다. 이 미묘한 말 사이에 유행이라는 힘이 작동한다.

이때 대부분의 판매점 입장에서 필요한 옷은 수트가 아니라 '팔리는 스리 버튼'이다. 하지만 클래식 브랜드는 스리 버튼 가운데서 어떻게 하면 클래식을 제대로 표현할 수 있을까를 고민한다. 그것을 모색하는 데 시간을 들인다. 그 시간이 클래식을 더욱 숙성시킨다.

맨 위의 버튼을 약간 아래로 내리는 것은 간단한 일이지만 이 경우 버튼 간격을 조작할 필요가 있다. 그런데 클래식 수트의 버튼 간격은 정해져 있으므로 버튼 간격을 조작하면 프로포션에 문제가 생긴다.

양쪽 포켓의 위치도 규칙이 있다. 가장 밸런스가 좋은 위치는 반세기 정도 전에 이미 결정되었다.

'남자의 수트는 밀리미터 단위'라고 파비오 보렐리는 말하였다.

바로 이 점 때문에 클래식 수트를 만드는 일은 어렵다. 그들은 밀리미터 단위 속에서 프로포션을 우선하면서 여러 가지를 시도한다. 여러 시도가 가능할 만큼 실력 있는 사람들은 테일러들뿐이다. 클래식한 옷을 만드는 기성복 브랜드에 테일러 출신이 많은 것은 이 때문이다.

그들은 클래식이라는 기반 위에서 디테일을 솜씨 있게 바꿔가면서 밸런스를 지키면서 모더니즘을 덧씌운다. 이것이 바로 클래식 수트가 결코 낡지 않고 항상 새로운 이유다.

클래식 수트는 시대의 흐름에 맞게 모던이라는 무기로 스스로의 몸가짐을 끊임없이 수정해 나간다.

이것이 모든 것이 변하는 새로운 디자이너 수트와 클래식 수트가 기본적으로 다른 점이다.

> 현대 음악이 1700년대의 클래식 음악의 한 가지 테마에 여러 가지 변용을 넣어가는 것처럼 클래식 스타일에도 흐름이 있다. 그러나 시대를 막론하고 언제나 잊지 말아야 할 일은 옷도 건축물도 음악도 모두 다 아름다운 것을 느끼는 감성이라는 점이다. 그것은 내면에서 외면으로 흘러 나온다.
>
> ― 루카 만텔라시

✎ 저자의 어드바이스

좋은 것 하나가 남고, 남은 것에 기품과 모던이 더해진다. 그것이 클래식 스타일이다. 옷도 음악도 건축물도 다 똑같다.

4. 총괄

토털 콤비네이션을 중시하자

지금까지 많은 이야기를 했지만 클래식 스타일은 기본만 익히면 그리 어렵지 않다. 하지만 기본을 익힐 때까지는 다른 스타일에 손을 대지 않는 것이 좋다. 유행하는 스타일은 언제나 사람들을 현혹하기 때문이다.

스타일도 인생도 한번 옆길로 새 버리면 다시 돌아오기 어렵다. 꼭 유행을 따르고 싶은 사람이나 그렇게 할 필요가 있는 사람은 클래식 스타일 중에서 디자인성이 강한 것을 택하면 된다. 이탈리아 남부 스타일 중에서 그런 옷이 많다.

클래식 스타일을 익히면 때와 장소에 따라서 좋아하는 옷을 입으면 된다. 포멀한 장소에 나갈 때는 자연스럽게 클래식 스타일을 선택하게 된다. 그것이 가장 올바른 차림새라는 것을 절실하게 깨닫게 되면 다른 스타일을 피하게 된다.

그러면 이제부터 엘레강스한 클래식 스타일을 시도하려는 사람들을 위해서 클래식 아이템 구입 순서를 다음과 같이 요약하고자 한다.

① 브라운 계통의 스트레이트 팁 구두
② 감색 바탕에 흰색 핀도트 넥타이
③ 블루 또는 흰색 와이드 칼라 셔츠
④ 감색 호즈(무릎 아래까지 오는 긴 양말)
⑤ 진한 감색에 초크 스트라이프가 들어간 싱글 스리피스
⑥ 차콜 그레이 투피스
⑦ 진한 감색 무지 더블 수트

이상으로 일단 클래식 스타일이 완성된다. ⑤, ⑥, ⑦은 앞서 말했듯이 그리 비싸지 않아도 된다. 분수에 맞는 물건을 고른다. 분수에 맞다 함은 개개인의 포지션에 맞다는 것을 의미한다. 단 ①, ②, ④는 가능하면 고품질을 선택해야 한다. ③은 취향에 따른다.

구체적인 코디네이트는 그다음 작업이다. 상세한 코디네이트는 이 책의 취지에서 벗어나므로 생략한다. 클래식 스타일을 익히는 일은 아이템이 통일되어 있기 때문에 그리 어려운 작업은 아니다. 가끔 틀릴 수도 있겠지만 잘 모르겠으면 책이나 잡지를 읽고 공부하면 된다.

금전적 여유가 있는 사람은 여기에 더해서 다음 아이템을 갖춘다.

① 감색 캐시미어 더블 재킷
② 헤링본 트위드 싱글 재킷

이 두 재킷은 가장 클래식한 아이템이다. 윈저 공 시대부터 모던 클래식을 나타내는 아이템이며 그때와 거의 다름없이 오늘날에도 모던을 표현하고 있다.

단 이 두 벌의 재킷은 가능하면 고품질의 물건을 선택해야 한다. 한 번 사면 적어도 20년은 가고, 20년을 애용하면 절대로 버릴 수 없게 된다. 그러니 평생을 함께 할 수 있는 물건이다.

햇수를 거듭하면 할수록 오래된 느낌이 나서 더욱 엘레강스해진다. 그 이유는 무엇일까. 소재의 질감이 프로포션과 훌륭하게 어울리기 때문이다.

이 두 재킷에는 구두를 브라운 계열의 구멍 장식이 있는 스웨이드 구두로 코디하는 것이 좋다.

> 클래식 스타일의 기본은 토털 밸런스와 디테일에 있다. 넥타이와 그것에 맞는 셔츠, 구두, 행커치프에 이르기까지 모든 디테일을 살피면서 전체적인 밸런스를 만들어 나가야 한다.
>
> — 움베르토 안젤리노

✎ 저자의 어드바이스
이 책은 내 친구 움베르토 안젤리노가 한 위의 말을 구체화하기 위해 쓴 것이다. 그의 이 말이 이 책의 모든 것을 말해 주고 있다.

일본인은 V존에 지나치게 집착해온 역사가 있다. 넥타이에 최대한 신경 쓰는 일이 꼭 나쁜 일은 아니다. 그러나 일본인은 V존을 새롭게하기 위해 넥타이의 무늬에만 집중하고 길이와 품질에는 너무 무관심했다. 넥타이는 좋은 것으로 10개만 있으면 된다.

마찬가지로 구두와 호즈의 소재와 품질에도 무관심했다.

올바른 수트 스타일은 개별 아이템들이 모인 것이다. V존은 클래식 수트 스타일의 일부에 지나지 않는다. V존에 너무 신경 썼기 때문에 서양의 패션 선진국에 비해 스타일이 크게 뒤떨어졌다.

올바른 클래식 스타일이란 움베르토 안젤리노의 말처럼 하나하나의 아이템을 결코 소홀히 하지 않고 토털 콤비네이션을 만드는 일이다. 콤비네이션은 밸런스다. 밸런스는 클래식 스타일이라는 같은 목적에 도달하기 위해 남자의 옷을 통일하는 것이다.

마지막으로 발자크의 깊이 있는 명언을 인용하고자 한다. 170년도 더 된 말이지만 현대에도 찬란하게 빛나는 말이다. 오래 전에 한 말이라도 바래지 않는 이유는 그것이 진리이기 때문이다.

> 복장은 그야말로 인간 그 자체다. 정치적 신조를 나타내 주고 사는 방식을 나타내 주는 인간의 상형문자다. 그렇지 않다면 사람을 나타내는 그 많은 형식 가운데서 복장이 언제나 사람을 가장 잘 웅변적으로 설명해 주지는 않았을 것이다. 최근에는 누구나 비슷비슷한 복장을 하고 있지만 그래도 아는 사람이 보면 그 차이를 알 수 있다.
>
> — 발자크

🖋 저자의 어드바이스

" …………… "

역자 후기

예부터 인재를 등용하는 기준으로 '신언서판(身言書判)'을 든다. 용모, 말씨, 글씨, 판단력 네 가지를 보고 사람을 평가한다는 말이다. 그 중 첫 관문이 바로 용모다. 사람의 첫인상은 2초만에 결정된다고 한다. 만난 지 2초 만에 상대방의 인성, 품성 등을 판단할 수는 없기에 첫인상은 외모에 따라 결정될 수밖에 없다.

그래서인지 우리 조상들은 용모를 단정히 하고 옷차림을 가다듬는 일을 중요하게 생각했다. 중요한 일을 하기 전에 '의관을 정제한다'고 하지 않았던가. 이 말은 옷을 바르게 입고 모자를 바르게 쓴다는 의미다. 선조들은 상황에 맞는 바른 옷차림이 옷을 입은 사람의 태도와 행동까지 바르게 한다고 믿었다.

우리나라 1950년대 사진을 보면 해방 직후의 혼란과 전쟁을 모두 겪은 시대임에도 남자들의 옷차림이 지금보다 더 깔끔하다는 사실을 알 수 있다. 1950년대 후반에 결혼한 역자의 부모님이 아버지의 고향으로 신행 간 사진이 있다. 아버지가 집안의 장손이었기 때문에 오래된 한옥을 배경으로 일가친척이 다 모여 사진을 찍은 모양이다. 사진을 보면 남자들은 나름대로 양복을 갖춰 입거나 두루마기까지 챙겨 입은 한복 차림이고 여자들은 모두 곱게 한복을 입고 있다. 양복 차림의 남자들은 모두 앞 단추를 단정하게 채우고 윈저 노트로 넥타이를 조여 매고 넥타이핀까지 하고 있다. 전쟁이 끝난 지 5년 정도밖에 지나지 않은 어려운 시절임에도 나름대로 복장을 갖추려고 노력했다. 그래서 사진만으로는 궁핍한 모습을 찾아볼 수 없다. 지금도 가끔 이 사진을 꺼내서 바라본다. 시대가 바뀌어도 변하지 않는 그 무엇인가가 있음을 그 사진을 통해 느낄 수 있다.

얼마 전에 본 동영상에 인상적인 사진 하나가 등장했다. 한국전쟁에 참전했던 영국군 장교가 의정부에서 찍은 사진이다. 세 명의 여학생이 흰 블라우스와 치마 차림의 교복을 단정하게 입고 창밖을 바라보는 뒷모습을 찍은 것이다. 이 노병은 자신이 찍은 사진 중에서 이 사진을 가장 좋아한다고 한다. 그는 이 사진을 다음과 같이 설명한다. "사진에 보이는 창밖은 폐허다. 창밖의 세상은 전쟁터지만 한국인들은 어린 학생들에게는 제대로 된 교육을 시키려고 노력했다. 이것이 한국 방식이다." 이 노병은 '한 나라와 시대의 결기도 복장으로 표현될 수 있구나' 하고 생각했다고 한다. 이방인의 눈에는 그 모습이 이 민족의 희망으로 보였던 모양이다.

복장은 시대를 나타내기도 한다. 이 책을 번역하면서 현대의 한국인들이 양복을 조금 크게 입고 되도록 편한 복장을 추구하는 이유를 조금은 알게 되었다. 1950~1960년대 한국 남자들은 양복을 몸에 딱 맞게 입었다. 1950년대 초반에는 대부분 모자도 쓰고 있다. 유럽 스타일에 가깝다. 그런데 1970년대에 들어오면 거의 대부분 남자들이 입은 양복이 자기 몸에 비해 커지고 바지통도 넓어지고 바지 길이도 길어진다. 아마 개발 시대가 되면서 편한 복장을 추구하게 된 듯하다. 양복 스타일이 미국식 색 스타일로 바뀐 것이다. 이때부터 편한 옷이 최고라는 관념이 퍼진 듯하고, 남자가 옷맵시를 따지는 일은 쩨쩨한 일이라는 생각이 일반화한 것 같다. 그래서 이 시대부터 남자들이 멋을 내는 일은 상당히 용기를 내야 하는 일이 되어 버렸다.

역자의 일본 유학 시절 지도 교수님은 도쿄대학 경제학부 출신으로서 학생 시절 유명한 운동권 리더였다. 학생 운동 때문에 퇴학당하고 나중에 재입학하여 도쿄대학의 교수가 된 분이다. 이른바 골수 좌파로서 당시 도쿄대학의 진보적인 교수 중에서 대표적인 인물이었다.

이 분이 한번은 강의 때 수공업 시대 생산방식에 대해 설명하다가 이야기가 잠시 곁가지로 빠지면서 양복 입는 법에 대한 자신의 지론을 펼친 적이 있었다. 그중 인상적이었던 대목이 바짓단을 마무리하는 방법과 양말 신는 법이었다. 바짓단 안쪽을 직접 보여 주면서, 바짓단 뒤쪽 안에 원단을 가늘게 잘라서 덧대면 서 있을 때 바지의 선이 반듯하게 살아나서 단정해 보인다는 것이다. 그리고 바짓단을 그렇게 낼 줄 아는 사람이야말로 진정한 장인정신을 가진 테일러이며 양복은 그런 사람에게 맞추어야 한다는 것이다.

자신의 양말도 직접 보여 주면서 양복을 입을 때 남자는 속살이 보여서는 안 된다고 하면서 속살이 보이지 않게 양말 신는 법을 설명했다. 그 교수는 허벅지에 밴드를 차고 밴드에 달려 있는 집게로 양말을 고정하고 있었다. 마치 멜빵으로 바지를 고정하듯 양말을 허벅지 밴드로 고정해서 흘러내려 가지 않게 하고 있었다. 역자는 그때 '아, 세상에 이런 것도 있구나' 하고 놀라면서 한편으로는 감탄했었다. 일본에서는 좌파의 대표격인 교수도 옷차림에 이렇게 보수적으로 신경 쓰는구나 하고 속으로 생각했다.

한편, 역자가 기업에 재직하고 있을 당시의 일이다. 업무상 일본의 대기업 간부들과 만날 기회가 자주 있었다. 일본 대기업에서 부장 이상이나 임원이 되면 옷 입는 법도 교육을 하는구나 하는 생각이 들 정도로 모두 한결같이 반듯한 모습이었다. 비싼 양복은 아닐지 몰라도 모두 단정하게 넥타이를 매고 한여름에도 긴소매 셔츠 차림이었다. 필기구도 나름대로 신경 쓴 것을 갖고 다녔고 모두 가방을 들고 있었다. 특히 반소매 차림이거나 가방을 들지 않은 사람은 거의 본 적이 없다. 그 사람들은 옷차림도 하나의 무기라고 생각하는 것 같았다. 비즈니스라는 전쟁터에 나가기 위해서 나름대로 복장을 갖추는 일은 옛날 무사들이 갑옷을 입고 전쟁터로 나가는 것과 같다고 생각하는 듯했다.

최근에는 일본도 습하고 무더운 한여름에 긴소매 셔츠에 넥타이 차림을 하는 것이 너무 심하다고 생각했는지 '쿨 비즈'라는 개념을 만들어내서 어느 정도 캐주얼한 차림새도 많이 보급되었다. 그래도 여전히 임원급들은 정장 수트 차림을 고집하는 사람들이 많지만.

최근 한국 젊은 남자들은 옷 잘 입는 것으로 유명하다. 한국 남자들은 다른 아시아 사람들에 비해 어느 정도 체격이 받쳐 주기 때문에 옷맵시를 살릴 수 있다. 유행을 너무 따르고 획일적인 면은 있지만 많은 젊은이가 자신에 맞는 옷차림을 자유롭고 멋지게 차려입은 모습이 참 보기 좋다.

그런데 이 멋쟁이들이 직장 생활을 시작하면서 수트를 입게 되는 순간 어딘가 어색하고 격식에 맞지 않은 모습을 하는 경우를 자주 볼 수 있다.

캐주얼한 차림은 따로 배우지 않아도 다양하게 나름대로 자신의 장점을 살려서 입을 수 있지만 수트는 그렇지 않다. 일정한 규칙이 있고, 자리에 어울리는 차림새가 있다. 한복을 입을 때 고름을 어떻게 매고 마고자 단추는 어떤 것을 달며 두루마기까지 갖춰 입는 것이 정석이라는 것을 우리는 잘 알고 있다.

하지만 우리가 수트를 입기 시작한 지는 그리 오래되지 않았다. 또 한동안 편한 복장만 추구해 왔기 때문에 수트를 옷맵시를 내기 위해서 제대로 입는 것이 아니라 사회생활을 하기 위한 유니폼 정도로 여겨왔다. 만일 유니폼이라면 그야말로 제대로 입어야 한다. 그런데 우리는 옷 입는 법에 대해서 교육받은 적이 없다.

이 책은 그런 면에서 수트를 입는 교과서라고 할 수 있다. 우선은 이 책이 제시하는 방법을 그대로 따라 하는 것이 가장 쉬울 것이다. 기본이라고 할까. 기본을 익히면 응용이 가능해진다.

간혹 주머니 사정상 당장 따라하기는 어려운 면도 있을 것이다. 그럴 경우에는 가장 비싼 수트는 맨 나중으로 돌리고 다음 세 가지만 우선 갖추어 볼 것을 제안 드린다.

첫 번째가 좋은 구두다. 멋의 완성은 발끝에서 온다고 한다. 한국에서는 좋은 품질의 구두를 비교적 경제적인 가격으로 구할 수 있다. 비싼 명품 맞춤 구두까지는 아니더라도 충분히 좋은 구두를 구할 수 있다. 검은색과 갈색 두 가지만 있으면 어떤 수트에도 맞출 수 있다. 굳이 맞춤 구두를 고집할 필요는 없다. 기성화 중에도 좋은 제품은 얼마든지 많다. 구두를 고를 때에도 부드러운 가죽을 고집하지 말자. 경험자는 알겠지만 부드러운 가죽보다는 오히려 단단한 가죽이 발을 더 잘 보호하고 걷기도 편하다.

두 번째는 목 긴 양말이다. 좋은 구두에 수트 색과 어울리는 목 긴 양말을 신으면 우선은 어디 가더라도 안심이 된다. 저절로 자신감도 생길 것이다. 양말은 남자의 옷차림 중에 가장 비용이 적게 들면서 신경도 거의 안 쓰는 아이템이다. 하지만 이런 사소한 부분에 신경을 쓰게 되면 저절로 다른 차림새에도 신경을 쓰게 된다. 더구나 목이 긴 양말을 신으면 맨살이 보이지 않기 때문에 어디서나 당당하게 있을 수 있다.

마지막으로 드레스 셔츠다. 좋은 드레스 셔츠도 아주 경제적인 가격으로 구할 수 있다. 속살이 비치는 얇은 폴리에스텔 원단의 셔츠는 이제 그만 입자. 브랜드를 따지지 않고 가슴 포켓에 로고를 고집하지 않는다면 속살이 비치지 않는 좋은 원단의 옥스퍼드 셔츠를 보다 더 경제적인 가격으로 얼마든지 구할 수 있다.

이 세 가지만 우선 갖추면 수트 맵시가 훨씬 좋아질 것이다. 수트를 고르는 안목도 좋아지리라고 확신한다.

한국은 이미 세계 10위권의 경제 대국이며 선진국이다. 공업제품은 물론이고 최근에는 K-Pop, K콘텐츠가 전세계에서 인기를 얻고 있다.

이제 제조업 강국에서 문화 강국으로 나아가고 있다. 문화의 완성은 패션이다. 프랑스와 이탈리아가 제조업 분야에서는 세계 선두권의 자리를 내주었지만 패션의 세계에서는 여전히 글로벌 트렌드를 이끌고 있다.

이제는 K-Pop, K콘텐츠에 이어 K멋쟁이가 생겨날 때가 되었다.

많은 분이 이 책을 읽고 한국의 길거리에 멋쟁이들이 넘쳐나기를 기대한다. 반도체도 K-Pop도 선도하지 않았는가? 이제 한국 남성들이 글로벌 멋쟁이의 대명사가 될 가능성이 충분하다고 본다. 그렇게 되는 데 이 책이 기여할 것을 바라고 또 확신한다.

옮긴이 김영배

참고문헌

Amy De La Haye. 1998. *The Cutting Edge*, V&A Publications.

Angela Pattison & Nigel Cawthorne. 1998. *SHOES*, Apple.

Braun & Schneider. 1975. *Historic Costume in Pictures, Historic Costume in Pictures*, Dover Publications.

Christopher Sells. 1998. *TIES OF DISTINCTION*, Schiffer Publishing.

Davide Mosconi & Riccardo Villarosa. 1991. *188 nodi da collo. Cravatte e colletti: tecniche, storia, immagini*, Generico.

Tina Skinner. 1998. *DOTS*, Schiffer.

Turner Wilcox. R. 1992. *The Dictionary of Costume*, Batsford Ltd.

Vittoria De Buzzaccarini. 1989. *Pantaloni & Co, Generico*.

被服文化協会,『服装大百科事典』(文化出版局, 1969).

田中千代,『服飾事典』(同文書院, 1969).

文化出版局,『服飾辞典』(文化出版局, 1979)

坂田 信正,『靴下の歴史』(内外編物, 1971)

一見輝彦,『アパレル素材の知識(改訂版)』(ファッション教育社, 2001)

中村 耀,『繊維の実際知識』(東洋経済新報社, 1980)

岩波書店辞典編集部,『世界人名辞典』(岩波書店)

『英語語源小辞典』(研究社)

堀井令以知,『日本語語源辞典』(東京堂出版, 1963)

C.M.キャラシペッタ,『フェアチャイルドファッション辞典』(鎌倉書房, 1992)

日本シャツ製図研究グループ,『シャツ製図法』(日本シャツ製図研究グループ, 1980)

지은이: 오치아이 마사카츠

도쿄 출생(1945~2006). 릿쿄대학교 법학부 졸업. ≪재팬 타임즈≫를 거쳐서 프리랜서 독립. 저널리스트이자 일본의 대표적인 남성 패션 평론가.『클라시코 이탈리아 예찬』등 복식 관련 저작들이 일본뿐 아니라 해외에서도 높은 평가를 받았다. 1997년 피렌체 시장으로부터 이탈리아 패션 비평의 공을 인정받아 '베스트 펜 프라이즈' 수상. 1998년에는 아시아인 가운데 처음으로 이탈리아 클래식 패션 비평으로 '클라시코 이탈리아 대상' 수상. 이 책『남자의 복장술』은 일본에서 사회에 처음 발을 딛는 남자들이 가장 많이 참고하는 남성 복식 관련 도서 중 최고의 스테디셀러다. 남성 패션에 관한 다음의 저작들이 있다.『클라시코 이탈리아 예찬』,『남자의 옷: 고집스러운 방식』,『남자의 복장: 멋의 기본』,『남자의 복장: 멋의 기본 아이템』,『소유물의 잣대』,『'신사'라고 불리게 하는 복장술』,『댄디즘』,『남자의 치장』,『'남자' 멋의 나침반』.

옮긴이: 김영배

번역가. 커뮤니케이션 연구자. 소년 시절과 청년 시절 도쿄에서 약 10여 년을 보냈다. 도쿄의 헌책방 거리 진보초를 제집처럼 들락거리며 책을 모으고 읽었던 그 시절을 그리워한다. '멋지게' 입는 법보다 '제대로' 입는 법, 남에게 보이기 위한 차림모나 스스로 납득되는 차림을 추구해온 그는 이 책을 번역하는 내내 행복했다 한다. 일본신문협회와 한국의 방송기구, 정보통신 관련 기업에서 일했다. 한국외국어대학교 홍보학과와 연세대학교 대학원 신문방송학과 석사, 일본 도쿄대학교 대학원 사회정보학 석사와 박사과정을 마쳤다. 현재 계명대학교 언론영상학전공 교수. 저서로는『공영방송의 민영화』등이 있고 역서로는『골동기담집』,『나의 작은 헌책방』등이 있다.

〈SHINPAN〉 OTOKO NO FUKUSOJUTSU

By Masakatsu OCHIAI

Copyright © 2004 by Nobuko OCHIAI

All rights reserved.

Illustrations by Hiroshi WATATANI

Photographs by Susumu TSUNODA

First original Japanese edition published by PHP Institute, Inc., Japan.

Korean translation rights arranged with PHP Institute, Inc.

through Eric Yang Agency

남자의 복장술
수트 입는 법부터 구두 손질까지

초판 1쇄 발행 2022년 2월 7일 | **지은이** 오치아이 마사카츠 | **옮긴이** 김영배
편집 반기훈 | **펴낸이** 반기훈 | **펴낸곳** ㈜허클베리미디어
출판등록 2018년 8월 1일 제 2018-000232호.
주소 06300 서울특별시 강남구 남부순환로378길 36 401호 | **전화** 02-704-0801
홈페이지 huckleberrybooks.com | **이메일** hbrrmedia@gmail.com
ISBN 979-11-90933-14-8 03830